Orélie Lechat

The Enchantment

Lorsque la littérature permet à l'élève de dépasser le maître.

Illustré par Carole Duval

« Tous droits de reproduction, d'adaptation et de traduction, intégrale ou partielle réservés pour tous pays. L'auteur ou l'éditeur est seul propriétaire des droits et responsable du contenu de ce livre.. Toute représentation ou reproduction intégrale ou partielle faite par quelque procédé que ce soit, sans le consentement de l'auteur ou de ses ayants droit ou ayants cause, est illicite et constitue une contrefaçon, aux termes des articles L.335-2 et suivants du Code de la propriété intellectuelle. »

À Eulalie, la petite passeuse de rêve de mon imagination.

© 2024 Orélie Lechat
Édition : BoD • Books on Demand GmbH, In de Tarpen 42,
22848 Norderstedt (Allemagne)
Impression : Libri Plureos GmbH, Friedensallee 273, 22763
Hamburg (Allemagne)
ISBN : 978-2-3225-5706-6
Dépôt légal : Septembre 2024

Chapitre 1

Les rayons du soleil percutaient la baie vitrée d'un salon désordonné, éclairaient les piles de livres, les plantes presque fanées par le temps et le manque d'eau. Un véritable chaos. Celui qui habitait ici devait bien avoir une frénésie qui lui était propre, le rangement n'était pas son fort à la vue du désordre. Les murs étaient cachés par de nombreuses feuilles où la plume de cet habitant était inscrite, une écriture plus qu'indéchiffrable permettant au monde de découvrir sa qualité d'homme lettré pur. Des citations, des phrases, des poèmes, tout type de chef d'œuvre faisait surface. Comment faisait-il pour vivre dans de telles conditions ? C'était la question que nous pouvions nous poser.

Un homme, aux yeux fermés, ronflait paisiblement, couvert d'une petite couverture pour ne pas prendre froid.

Le sommeil l'avait gagné avec douceur la nuit précédente, il somnolait tel un enfant dans les bras de sa mère. Tout à coup, une sonnerie le sortit de cet état, réveillant notre bel endormi en sursaut. Un petit réveil vibrant et sautillant qui faisait son travail à merveille ! La main du garçon s'aplatit sur l'objet qui s'arrêta instantanément.

Ce dernier se redressa, frotta ses paupières encore troublées par la lumière du soleil et tenta d'observer ses alentours. Non surpris du bazar qui se dressait depuis quelques temps devant lui, le jeune homme regarda l'heure sur sa pendule et une angoisse le prit d'emblée, il était en retard. Aussitôt, il se leva d'un bond, attrapa quelques vêtements qu'il enfila, prit sa sacoche remplie de diverses feuilles et cahiers puis partit en direction de son lieu de travail.

La rentrée venait de se pointer tel un animal prêt à sauter sur sa proie, tout comme son retard. Il jeta un coup d'œil sur sa montre et se rendit compte qu'il ne lui restait plus que cinq minutes pour arriver.

Merde, se dit-il.

Le jeune homme ne disait pas souvent des jurons mais cette fois-ci, il n'avait rien d'autre en tête. Courant aussi vite qu'il pouvait et sentant le drame arriver à grands pas, il pria le dieu du temps de lui en offrir un peu. Par chance et grâce à sa prière, ses pas le conduisirent à l'heure prévue. Épuisé à cause de cette course intense, il se présenta à l'accueil de l'établissement scolaire, respirant à moitié. Son regard se dirigea vers l'horloge la plus proche pour qu'il puisse enfin comprendre que sa montre était en avance.

– Réglez-la, monsieur. Cela pourrait vous porter préjudice ! rappela la petite femme devant lui, s'occupant de ce que l'on appelait la vie scolaire.

– Je tâcherai d'y penser, madame, répondit-il avant de se diriger avec rapidité vers sa salle de cours afin d'accueillir ses élèves dans le meilleur état possible.

Sur le chemin, il régla sa montre à l'heure précise, ne perdit pas de temps puis à l'aide de sa clef, ouvrit la porte de la salle qui demeurait vide. On entendait au loin les cris de certains étudiants encore peut-être trop jeunes. Déposant ses affaires en vitesse et entendant la sonnerie retentir dans les couloirs, il se recoiffa et remit sa veste correctement. Le jeune homme souhaitait faire bonne impression auprès de sa classe, c'était primordial.

Avant qu'il ne puisse s'enfuir, la vieille femme lui avait remis quelques papiers comportant cinq listes d'élèves ainsi que son emploi du temps. Une nouvelle année débutait au sein du lycée Winston Churchill.

Il se dirigea vers la porte de sa salle, l'ouvrit délicatement et découvrit une multitude de jeunes gens rangés deux par deux. Ce dernier attendit que la sonnerie s'arrête pour autoriser les étudiants à pénétrer l'intérieur de la classe. Chacun s'installa à une place prise au hasard, certains à côté de leurs proches, d'autres assis près d'inconnus. Voyant cette scène particulièrement captivante, un sourire s'afficha sur le visage de ce professeur presque troublé par sa nouvelle classe.

Tout en attendant que le bruit cesse, il analysa ses alentours. L'un d'entre eux attira son attention, ce dernier était particulièrement bruyant et perturbateur à la vue de sa bouche remuant comme jamais et de son style vestimentaire atypique. Peut-être un manque de confiance ? Il le découvrirait bien assez tôt.

Des regards se projetèrent sur le professeur, certains voyaient que le jeune homme attendait impatiemment le calme de la part de quelques élèves. Ces derniers se mirent à chuchoter plus bruyamment, faisant comprendre aux autres qu'il fallait se taire.

– Merci mademoiselle, s'écria-t-il. Bonjour à toutes et à tous, permettez-moi de me présenter, je me nomme Monsieur Kid, votre professeur principal de littérature.

Il écrivit avec une craie son nom au tableau.

– J'espère que cette année se déroulera dans une bonne ambiance.

Le silence perdura quelques instants avant qu'un élève ne prenne, sans la permission, la parole.

– On peut avoir nos emplois du temps s'il vous plaît, monsieur ?

Le regard de Monsieur Kid se dirigea en direction de cet étudiant qui l'intriguait depuis peu.

– Donnez-moi votre nom, jeune homme.

– Bring Maël, répondit l'insolent.

– Monsieur Bring, répéta le plus âgé. Pourriez-vous me présenter l'œuvre qui vous a le plus marqué ?

– Je lis pas.

Non surpris de cette réponse, le professeur s'avança vers le garçon.

– Levez-vous.

– Pourquoi ?

– Ne posez pas de questions, voyons, répliqua Monsieur Kid, un sourire aux lèvres.

Maël se leva, puis comme le lui indiquait son aîné, marcha vers le tableau. Le professeur se positionna près d'une table et observa son cadet.

– Qu'est-ce que je dois faire au juste ? demanda le plus jeune, perturbé par le souhait de son professeur.

– Vous prétendez ne pas lire, mais je sais que vous possédez une langue.

– Ça explique pas ma présence devant le tableau, rétorqua Maël.

– Puisque vous souhaitiez tant avoir votre emploi du temps pour je ne sais quelle raison, vous serez heureux d'apprendre que vous avez une heure de permanence le vendredi matin.

Maël sentait le piège arriver comme par magie. Sans le savoir, Monsieur Kid répondit à sa crainte intérieure.

– Monsieur Bring, il est indispensable de savoir s'exprimer et d'aimer la littérature. Sans cela, une entente ne sera pas possible entre nous. Je ne pourrais pas vous aider à réussir votre année, ajouta-t-il.

– Vous pensez que j'ai besoin de votre aide, je peux très bien y arriver tout seul, monsieur.
– Pourquoi donc avoir pris cette spécialité si vous ne désirez pas aimer la lecture ?
Un léger silence se fit entre les deux hommes. Chaque élève regardait à la fois leur professeur et leur congénère, avec respect pour un ou avec effroi pour l'autre. Tout le monde ressentait la tension que Maël dégageait, cette espèce de colère qui désirait sortir de sa bulle par inconfort, mais qui en était incapable. Ses poings étaient serrés jusqu'à en perdre la circulation de son sang, Maël avait l'envie d'attraper le cou de son enseignant afin qu'il passe un sale quart d'heure.
– J'ai pas eu le choix.
– Monsieur Bring, nous avons toujours le choix.
– Eh bien, peut-être que vous l'avez eu. Quant à moi, j'ai pas le choix.
Monsieur Kid, ressentant la peine de son élève, se rapprocha de lui tout en attrapant un livre pour le lui tendre.
– Qu'est-ce que c'est ? demanda, d'un ton agressif, le plus jeune.
– Choisissez une page et lisez-la à voix haute. ordonna-t-il.
L'élève leva les yeux au ciel et fit défiler une grande partie du contenu du livre avant de tomber sur ce passage.

"J'ai immédiatement reconnu les traits de son visage. Quatre ans que je fouille dans mes rêves et voilà qu'au bout de la course la réalité prend enfin le jour de son premier décollage. Le nid douillet de l'imagination se dérobe, il va falloir que je me lance dans le vide.
Les roses en papier cousues sur la robe de la petite chanteuse dessinent la carte aux trésors de son corps."

Bouche bée, l'émerveillement prit place. Il s'évada et s'emprisonna à la fois tendrement et spontanément. Monsieur Kid, écoutant son élève lire avec délicatesse, fut prit d'un désir inouï de fermer les yeux pour écouter la suite. Il s'accroupit face à Maël, entremêla ses doigts et les positionna au niveau de son menton, déchiffrant chaque émotion, chaque sentiment qui s'évadait du cœur de son élève. Un soupçon de magie s'échappa de son âme qu'il trouva si faible et fragile pour un garçon à l'apparence rude et insensible. On aurait dit qu'il s'imprégnait de Jack, rencontrant pour la première fois sa bien-aimée. Incroyable, aurait-il crié si son cadet avait terminé. Cependant, il continuait de lire, tel un oisillon qui prenait place pour son premier envol, aidé par sa mère douteuse et sûre de la chute. Maël était cet oiseau qui avait le visage certain, mais au fond était apeuré de ce qu'il pouvait produire.
Un véritable artiste.

Chapitre 2

Un stylo entre les phalanges, Monsieur Kid rédigeait une lettre. Destinée à qui ? Nul ne le savait. Étant de nature mystérieuse, le jeune homme se faisait très discret lorsqu'il s'agissait de sa vie privée. Jamais un mot de travers, pas une parole au hasard, le professeur savait tenir sa langue quand il le fallait. Pourtant, cette lettre, qu'il écrivait depuis quelques minutes, embrouillait son esprit.

La rentrée venait de se terminer et sa rencontre avec Maël était toujours ancrée dans sa mémoire. Ce garçon possédait une vocation qu'il n'arrivait peut-être pas à comprendre de lui-même. Les paroles de son élève restaient toujours au sein de sa tête. Pourquoi n'avait-il pas eu le choix ? Un mystère des plus embêtants pour ce professeur. Si ce garçon avait quelque chose à cacher, Monsieur Kid retrouverait bien la trace et tous les indices qui accompagnaient le fait.

À cet instant, ce dernier, positionné dans son fauteuil, écrivait à la lueur de la bougie. Le son bruyant et éternellement fatigant de la ville ne l'empêchait pas de rédiger. Voyant qu'il se faisait tard par un bref coup d'œil sur sa pendule, Monsieur Kid se leva de son siège, rechercha sur son bureau désordonné une enveloppe et y inséra le papier plié en deux.

– Cela fera l'affaire, pensa-t-il à voix haute.

D'un geste de la main, il attrapa un timbre et le colla sur le coin du papier rectangulaire à l'aide de sa salive.
Il devait impérativement dormir s'il souhaitait être à l'heure le lendemain. Alors, le professeur se dirigea vers son lit, se déshabilla et plongea sous les draps afin d'y trouver le sommeil. Demain, il reverrait Maël, un élève qui allait certainement lui causer d'innombrables soucis au cours de cette année qui, à cet instant, s'annonçait plus que périlleuse.

Au bon matin, Monsieur Kid avait fait le juste choix de régler son alarme à la bonne heure et de se réveiller en forme. Il fallait qu'il dépose cette lettre, c'était essentiel pour démarrer sa journée. Comme à chaque lever du jour, un petit garçon déposait dans le creux de sa boîte aux lettres le journal quotidien rassemblant une multitude d'informations autour de l'actualité politique, musicale, mais aussi culturelle. Il paya le dû de l'enfant qu'il déposa dans une petite boîte, prit son petit-déjeuner et, étant déjà habillé, se rendit comme il était prévu à la poste.
Il y déposa la lettre puis se dirigea vers son lieu de travail. Une musique lui vint en tête. Ne pouvant s'empêcher de se déhancher face à cette pensée, le jeune homme sautillait, souriant tel un enfant. Peut-être recevrait-il sa réponse ? Il l'espérait. Ce n'était pas quelque chose qu'il voulait, c'était impératif. Sans son accord, ses espoirs seraient réduits à néant.
Toujours en sautillant, ses pas le conduisirent à destination. Il pénétra dans le bâtiment, arriva à l'accueil pour signaler son arrivée et se dirigea vers sa salle de classe, la deux-cent trois. Monsieur Kid n'aimait pas discuter avec les autres professeurs dès le matin, il préférait se préparer pour le

reste de la journée en gardant un maximum d'énergie. Papoter était agréable, mais s'il voulait se réserver un peu de force pour ses élèves, c'était à éviter !

Lors de son prochain cours, l'enseignant recevrait une classe de seconde, puis il finirait avec deux heures en compagnie de sa classe principale. Même s'il espérait des réponses à ses interrogations, Maël serait difficile à convaincre. Qui était-il et que venait-il faire en littérature ? Il le saurait bien assez tôt. En tout cas, c'était ce qu'il désirait.

– N'oubliez pas votre manuel pour la prochaine séance, je veux un travail rédigé rigoureusement, avertit Monsieur Kid.

Lorsque ses plus jeunes élèves furent partis, d'autres s'installèrent à leur place, celles de la dernière fois. Comme au cours précédent, un brouhaha s'éleva. La même élève fit signe aux autres de se taire. Sans plus attendre, le plus âgé repéra son cadet. Ce dernier comportait des cernes sur son visage et n'avait pas l'air de bonne humeur.

Sûrement fatigué, pensa Monsieur Kid.

Nous n'étions que le deuxième jour et cet étudiant était déjà prêt à prendre des vacances au pays du sommeil. Il en était hors de question.

– Monsieur Bring, s'écria le professeur, j'aimerais vous voir à la fin de notre dernière heure.

Le principal concerné fit de gros yeux et les leva au ciel en soupirant.

– Puisque vous avez l'air d'être en forme, continua-t-il avec ironie, j'espérais que vous pourriez continuer votre

lecture tout en effectuant l'analyse linéaire du passage précédent.
— Le bac de français est à la fin de l'année, monsieur. Rétorqua Maël avec provocation.
— L'analyse linéaire n'est-elle pas la principale notion que vous devez étudier cette année ? Demanda Monsieur Kid, un sourcil relevé.
— Si je réponds que je refuse votre demande, je suis collé ?

Une tension plombait l'atmosphère, pourtant cela ne dérangeait pas le moins du monde le plus âgé. Au contraire, il adorait voir la répartie de son cadet. Celui-ci ne perdait pas le fil de la conversation, il restait stoïque dans toutes ses répliques et surenchérissait à chaque fois, voulant que la raison soit à ses côtés.

Cela permettait à Monsieur Kid de l'analyser et ce garçon devenait fascinant. Sa question n'avait toujours pas de réponse, néanmoins ce n'était pas dérangeant.

— Justement, répondit-il tout en s'approchant de Maël, vous allez davantage me lire tout en étant pointilleux sur votre analyse.

— Je vous l'ai déjà dit, je lis pas, je déteste ça et en plus, je sais pas faire votre truc.

— Eh bien, nous allons reprendre les bases, cher Bring. Pour vous tous, je souhaiterais que vous compreniez quelque chose.

Tous sortirent de quoi noter mais le professeur les interrompit d'un geste franc de la main.

— Ce quelque chose n'est pas à prendre en note. Il faut que vous le compreniez, que vous compreniez l'enjeu de la littérature.

Ils le regardèrent d'un air étrange.

— Levez-vous, chers étudiants ! Venez près de moi.

Chacun se leva et s'approcha du professeur. Maël n'était pas réellement de l'avis d'autrui. Ronchonnant et soupirant, il décida de s'installer au dernier rang.

– La littérature est un aspect si fin, si paisible, si dur et si fragile, qu'il pourrait libérer les plus belles merveilles que regorgent l'univers. Il faut sentir chaque émotion, chaque parcelle d'une phrase. Si nous ne l'avons pas avec nous, comment ferions-nous pour comprendre le sens de ce monde ? L'enjeu de cette dimension ? Voilà une question pertinente, vous me direz. La beauté, la pureté, l'amour et l'espoir sont les plus belles émotions et qualités que possède l'être humain. Pourquoi ne pas les utiliser à notre avantage et les écrire comme l'on décrirait un paysage ? Voilà ce qu'est l'écriture ! dit-il en s'agitant de plus en plus vite, avec de beaux mouvements qui firent rigoler les étudiants.

– La part, ajouta-t-il en désignant un de ses élèves, qui se cache au sein de votre cœur, laissez-la prendre possession de vous ! Laissez vos émotions contrôler le temps et passez le chemin aux autres qui ne respectent pas votre jugement ! Laissez votre esprit et votre coeur rêver !

Si nous ne connaissions pas le caractère fantaisiste du jeune professeur, nous pourrions le qualifier de fou. Pourtant, pour la toute première fois, Maël fut en admiration devant cet homme qu'il pensait détester, jusqu'à ce jour. Comment était-ce possible d'être émerveillé par l'âme d'un garçon aussi provocateur et délirant que lui ? Peut-être parce qu'à travers ses mouvements farfelus et son imagination d'antan, la passion coulait dans ses veines. Elle régnait au royaume de la frénésie et s'y était installée depuis fort longtemps pour rendre l'homme obnubilé par de simples mots écrits sur du papier.

Il ne fallait pas croire que le jeune garçon était discret, ses iris étaient plongés dans le monde de l'impossible. Et ceci, Monsieur Kid l'avait bien vu. À l'extérieur, Maël n'était fait que d'apparence et de fausses routes. À l'intérieur, ce dernier possédait un cœur si grand et si puissant, qu'en un seul claquement de doigts, la flamme éclairant le chemin du rêve de ce garçon se briserait. La fragilité était dominante mais l'espoir en faisait tout de même partie. Il restait dans un coin, attendant l'heure d'éclater au grand jour.

Chapitre 3

La fin du cours arriva, et Maël s'approcha de son professeur de lettres. Ce dernier lui avait proposé de venir le vendredi matin afin de travailler l'oral. L'étudiant avait tout d'abord soupiré face à cette proposition qui ne l'arrangeait pas, mais avait donné sa réponse dans les minutes qui suivirent. C'était peut-être étrange d'avoir accepté sachant qu'il ne le supportait pas, et pourtant, l'obligation le menaçait dans un coin. Celle-ci ne laissait rien au hasard et le garçon en avait bien conscience.

Celui-ci se trouvait face à la porte de Monsieur Kid, attendant que la sonnerie retentisse pour frapper. Bingo ! C'était l'heure !

D'une main tremblante, nul ne savait pourquoi, Maël laissa son poing contrôler le reste du temps et fit de légers *toc* pour avertir le plus âgé de sa présence.

Ce dernier répondit par un petit *oui,* qui fit comprendre au jeune garçon qu'il était en droit de rentrer.

Il pénétra dans la salle de classe et vit, près de son bureau, son enseignant qui avait un stylo entre les phalanges et qui souriait de toutes ses dents. Avec mégarde, Maël se dirigeait vers son professeur qui ne bougeait pas d'un poil, l'invitant à s'asseoir.

– Installez-vous, Bring, ne restez pas craintif face à toutes ces tables !

L'étudiant écouta le plus âgé et s'installa non loin de lui.

– Eh ! Vous ai-je demandé de vous asseoir vers le fond de cette classe ?

– Vous m'avez demandé de m'installer, alors je m'installe, répliqua Maël, mécontent d'être là.

– Quel caractère ! dit l'aîné en riant.

Levant les yeux au ciel, Maël s'assit où son esprit le lui dictait, près du mur, au fond de la salle. Monsieur Kid, voyant l'insolence de son élève, sourit brièvement face à son comportement. Il avait visé juste, ce garçon cachait bien quelque chose mais qu'était-ce donc ?

– Connaissez-vous la raison de ce rendez-vous, cher Bring ?

– Non, répondit le plus jeune, et je la comprends toujours pas.

– À moins que votre cerveau soit en manque de réflexion, qu'avez-vous fait la dernière fois ?

– J'ai lu *La mécanique du cœur* de Mathias Malzieu.

Monsieur Kid sourit.

– Monsieur Bring, vous ai-je demandé de me retrouver un vendredi matin pour une lecture banale ?

Maël haussa les épaules.

– Je suis généralement plutôt franc, je vais au bout de mes idées et ne perds pas de temps à tourner autour d'un pot misérable.

Monsieur Kid fit une légère pause et reprit.

– Je pense que vous possédez une grande qualité artistique. Peut-être que vous n'en avez pas conscience, et pourtant, vous avez réussi à comprendre l'enjeu de l'auteur, ce qu'il souhaitait faire éprouver à son lecteur en une simple intonation.

Comme à son habitude, Maël leva les yeux au ciel. Que racontait-il ? Il n'avait jamais été passionné par les livres, par ce truc d'analyse linéaire. C'était peut-être un passe-temps pour son professeur, mais en revanche, pour lui, une perte de temps.

– J'ai rien fait de tout ça et je comprends pas comment vous pouvez dire une chose pareille.

– C'est la pure vérité, Monsieur Bring.

– Je vous l'ai dit dès le premier jour. J'aime pas lire, je déteste ça ! dit-il d'une voix colérique face à l'insistance de son enseignant, qui s'avérait devenir son pire ennemi s'il continuait à jouer avec sa patience.

– Je vois qu'en effet, vous ne comprenez rien. À présent, je ne vous ai pas fait venir pour une simple discussion, nous allons commencer par un exercice, répondit Monsieur Kid, restant tout à fait nonchalant face aux propos de son élève. Venez vers moi !

Se levant avec oisiveté, Maël soupira et se rapprocha de cet énergumène qu'il commençait, peu à peu, à haïr.

– Allons-y ! Respirez profondément et fermez les yeux.

– Pourquoi faire ?

– Ne posez pas de questions.

L'étudiant écouta le plus âgé, ferma ses paupières et respira avec profondeur.

– Pensez à un personnage de fiction, celui que vous préférez. Ensuite, laissez-vous porter par sa personnalité, son courage, sa détermination, ses défauts, mais avant tout, son aura. Laissez cette petite barrière se briser pour comprendre le but de ce personnage. Et dès que le moment sera venu, dites-moi ce que vous ressentez.

Imaginant un super-héros, Maël reproduit ce que lui demandait son enseignant : se mettre à la place de ce héros. Au début, sans succès. Le garçon tentait tout, mais rien n'arrivait. On aurait dit qu'il peinait à faire travailler son imagination, qui ne semblait pas vouloir de lui.

Voyant son cadet froncer à plusieurs reprises les sourcils, d'une voix douce, il intervint.

– Vous n'avez pas besoin de comprendre le héros, soyez le héros !

Peut-être que les mots avaient pris un autre tournant ?

Sans grande surprise pour Monsieur Kid, il y arriva parfaitement avec les quelques explications ajoutées, lui décrivant chaque parcelle de ce personnage, chaque recoin de sa personnalité, se laissant porter par le mouvement des mots, des intonations et de l'âme de ce héros. C'était invraisemblable, et même si l'étonnement n'était plus à son comble, le plus âgé restait tout de même admirateur.

Époustouflant, avait-il envie de crier.

Le professeur s'écartait peu à peu, regardant son élève avec émerveillement. Si seulement ce dernier aimait les livres, il aurait pu lui interpréter le personnage de Rastignac de *La peau de Chagrin*, ou se mettre dans l'émotion d'un lecteur découvrant la fin d'un roman.

– Je vis le paysage d'une autre contrée et sans grande attente, je me laissais porter par le vent qu'elle regorgeait, de l'odeur marine que les vagues, percutant mon navire, dégageaient, et soudain je vis cette dame aux cheveux longs, belle comme une étoile s'écrasant sur le sol.

Après ce texte qu'il venait d'improviser par l'émotion de son héros, Maël rouvrit les yeux et vit son enseignant lui sourire. Contrairement à ceux de d'habitude, celui-ci était fait d'admiration et de compassion, de gentillesse et de bienveillance. Tout ce qu'il n'avait jamais vu et eu depuis longtemps. Lui-même n'y croyait pas, d'avoir pu énoncer de telles choses qui semblaient si véridiques et hors de sa portée.

Cela paraissait si inatteignable qu'il eut l'impression de toucher le sol alors qu'il s'apprêtait à voler. Tomber du haut de ce rocher que l'on peine à accéder, tout ça pour que la conscience nous demande d'arrêter. Ridicule.

Chamboulé, il secoua sa tête et rejoignit sa place pour se rasseoir.

– À mon avis, je pense que vous ferez lors des prochains jours, le voile de ce qui vient de se produire, mais sachez que vous avez compris, malgré vous, ce qu'est l'enjeu de la littérature.

Chapitre 4

Monsieur Kid avait vu juste. Durant les jours qui suivirent, Maël fut ébranlé comme il ne l'avait jamais été. S'être fait berner par ses propres émotions était une chose inimaginable pour lui. Autoriser la perte du contrôle des sentiments n'était pas un acte approuvé dans sa famille, et cela, il l'avait bien compris depuis tout petit. Alors, pourquoi avoir accepté d'effectuer cet exercice complètement saugrenu ?

C'était une bonne question et le jeune homme n'avait pas la réponse. Peut-être, au fond de lui, avait-il eu envie d'essayer ? De tenter le piège que lui tendait Monsieur Kid ? Celui dans lequel l'objectif était de dépasser ses limites ? D'accueillir ses émotions dans le creux de son cœur ? Sûrement, mais pourtant, il ne le digérait pas. Quel crétin avait-il été ! Néanmoins, son cœur n'était pas du même avis.

Le lendemain, il n'avait fait attention à personne, n'ayant pas le courage de montrer sa faiblesse et qu'on lui demande le pourquoi du comment. Sachant que l'exercice avait tourmenté son élève, Monsieur Kid ne lui parlait plus, s'intéressait à d'autres étudiants, mais gardait tout de même un œil sur son cadet. Le regardant de loin, voir si sa concentration était toujours optimale sans trop s'attarder sur lui. Malgré ses doutes, Maël réussissait à garder un esprit organisé. Enfin, c'était ce qu'il faisait croire.

Un matin, le professeur arriva dans la salle des enseignants pour se faire un thé et y récupérer des copies de la part d'un de ses collègues. Il tomba nez à nez avec Madame Melvil, une professeure d'histoire-géographie. Ayant sympathisé de nombreuses fois avec elle, ce dernier la salua puis ils échangèrent quelques mots.

– Bring est ton élève ? Demanda-t-elle.
– Tout à fait, je dirais même un des meilleurs.
– Je ne veux pas me mêler de ce qui ne me regarde pas, mais...
– Que se passe-t-il, Clara ?

La jeune enseignante détourna le regard et reprit la parole.

– Il a l'air perturbé depuis quelque temps et je t'avoue qu'avec d'autres professeurs, nous l'avons remarqué.

Monsieur Kid avait vu juste. Son élève était perturbé par cet exercice. Il l'avait autorisé à dépasser ses limites, était-ce cela le problème ? Laisser les émotions prendre le contrôle de son esprit était donc impossible. Baisser la garde s'avérait complexe.

– John ? l'appela-t-elle.

Monsieur Kid, le regard perdu, dont nous connaissions enfin le prénom, releva la tête et soupira.

– Bring n'est pas dans son état habituel. Je pense connaître la raison.
– Tente de lui parler, John, conseilla Clara. Je ne pense pas que tu sois dans son cœur, mais il t'écoutera car tu es le seul à pouvoir le déchiffrer.

Sur ces mots, la jeune professeure partit et laissa son collègue perdu par la tempête de ses pensées. Était-il véritablement le seul à pouvoir aider Maël ? Il n'y avait qu'un seul moyen de connaître les réponses à ses questions. Au prochain cours, l'acharnement de ses demandes recommencerait.

L'après-midi venait à peine de commencer. Monsieur Kid s'en alla vers sa salle afin d'accueillir sa classe principale. Il était urgent de parler au plus jeune sans plus attendre. Seulement, si Maël ne souhaitait pas coopérer, le professeur n'aurait pas d'autre choix que de le laisser en paix. Pourtant, un pressentiment lui disait que tout allait bien se passer. En tout cas, il l'espérait.

Ouvrant la porte de sa salle de cours, il déposa ses affaires près du bureau et attendit que la sonnerie retentisse. Lorsque le moment fut venu, tous se dirigèrent à l'intérieur et saluèrent leur enseignant. Sans grande surprise, Maël fut le dernier à pénétrer la salle, toujours le regard perturbé, mais moins que depuis quelques jours.

– Installez-vous dans le calme, ordonna Monsieur Kid.

Les élèves obéissèrent, créant une mélodie désagréable pour chaque tympan.

– Bien, reprenons notre analyse sur le texte de Balzac.

Regardant de loin, si son élève était attentif, il se dirigea vers lui et sourit.

– Monsieur Bring, pouvez-vous me dire ce que la dernière phrase, présente au sein de ce texte, signifie ?

Le principal concerné releva la tête, les sourcils froncés et répondit froidement par quelques mots.

– Raphaël de Valentin est un idiot de cette société que décrit Balzac.

– À moins que je ne sois pas attentif, je ne crois pas vous avoir entendu répondre à ma question. Pouvez-vous argumenter votre réponse ?

Maël soupira et attendit quelques instants, avant de reprendre la parole.

– C'est un crétin qui comprend rien aux règles de vie. Il se plonge dans une pauvre peau de Chagrin pour combler un quelconque désespoir qui est pas grand chose comparé à la souffrance humaine. Donc, pour répondre à votre question, le désespoir de ce personnage est un prétexte pour nous faire croire que la mort est une solution et non une faiblesse.

    Tout le monde fut ahuri devant le discours de ce cher Maël. Peut-être que le groupe entier était ébloui face à cette analyse qui ressemblait à la morale que l'on donne aux enfants à la fin des contes de fée. Pourtant, Monsieur Kid comprenait parfaitement ce que tout cela signifiait. Une pique, comme on pourrait l'appeler dans le langage courant, un aveu ou bien… un appel à la discussion. Une pique contre la provocation, l'aveu des actes horrifiques commis sous les yeux du plus jeune, et un appel à la discussion pour remplir le vide de son cœur. Ce cœur qui, par la nouveauté, se doit de crier à l'aide pour ne pas trop nager en profondeur.

    Pour survivre à la tempête des sentiments, il fallait que les mots remportent la bataille. Et ceci, John l'avait parfaitement vu. Il était évident que l'exercice qu'il avait demandé était compliqué pour son élève. Jamais il n'aurait pensé que cette demande pouvait faire révéler de telles choses. Peut-être que l'esprit en avait marre d'abattre des arbres alors qu'il était en droit d'embrasser les nuages ?

    Le professeur fut inquiet mais sut que le plus jeune n'en resterait pas là. Qu'à la fin de l'heure, les deux hommes auraient une discussion.

Chapitre 5

– Vous m'avez demandé de venir, alors je suis là, dit Maël, impatient.
– À votre avis, pourquoi donc vous ai-je demandé de me rejoindre à la fin de cette heure ? Insista John avec sérieux.
– J'en sais rien et je sais même pas pourquoi je suis devant vous.

Monsieur Kid soupira quelques instants et reprit, tout en regardant son élève d'un air doux. Il essayait la méthode appelée *tendre* pour que le plus jeune ne se rétracte pas, malheureusement, c'était un échec monumental. Dans le creux de son regard, il cherchait une once de pitié ou bien de sincérité. Maël restait ferme comme une pierre, impassible et surtout énervé, cachant, comme il le pouvait, ses émotions.

– Madame Melvil m'a rapporté votre attitude pendant ses cours, son inquiétude à votre sujet, elle m'a demandé une explication.

Maël soupira.

– Ne soufflez pas, Bring. J'ai fermé ma bouche sur l'explication de votre comportement puisque j'en connais parfaitement la raison. Je sais que le discours porté sur le personnage de Raphaël de Valentin n'était pas un avis personnel, mais bien une déclaration, une révélation sur l'évènement de vendredi passé.

Il s'arrêta quelques secondes et reprit son analyse.
– Je suis votre professeur principal mais également votre professeur de lettres. Il est dans mon devoir de découvrir ce qui cloche et de comprendre. Je savais que vous voudriez voiler notre échange par le silence, cependant, ne vous cachant pas mon avis, ce n'est pas une solution.
– Je vois pas en quoi mon état, mon comportement ou autre chose serait en lien avec votre cours, répondit froidement Maël.

Sentant son élève refuser la coopération, Monsieur Kid, ayant été sérieux jusque-là, se mit à sourire afin de détendre l'atmosphère.
– J'ai vu que vous n'aviez pas cours durant deux heures.

Maël leva les yeux au ciel, s'étant attendu à la demande de John.
– Seriez-vous d'accord pour reprendre là où nous nous étions arrêtés ?

Contre toute attente, le plus jeune fut surpris. Pour la première fois, son professeur lui demandait son avis. Ce n'était absolument pas son genre, enfin, c'était ce que le garçon pensait. Il plissa des yeux et répondit qu'il lui faudrait du temps pour réfléchir. Car après tout, même si l'étudiant était révolté contre cette idée, son cœur n'avait pas le même point de vue.

Monsieur Kid commençait à comprendre son élève et devinait que la réponse serait négative. Maël n'était pas encore prêt à laisser ses émotions prendre le contrôle, le contrôle de son inspiration. Il ne pouvait pas le forcer à affronter le syndicat de la vérité si l'esprit n'était pas encore préparé. Il fallait que l'imagination s'installe, qu'elle prenne place et qu'elle donne l'autorisation au juge du sentiment d'intervenir. John connaissait parfaitement ce sentiment, il l'avait lui-même affronté. C'était dur, il en était conscient.

Voyant son élève s'en aller, Monsieur Kid soupira et ferma les yeux. Avait-il cours après ?

Après un court instant à observer son agenda, le jeune enseignant vit qu'il était libre et qu'il pouvait effectuer la tâche du jour. Cela lui ferait du bien, enfin c'était ce qu'il se disait. Et malheureusement, il y croyait.

Marchant au sein de la cour de récréation, Maël marmonnait et pensait. Que fallait-il choisir ? La faiblesse ou bien la valeur familiale ? Une grande question pour le garçon. Devait-il consacrer l'existence de piètres principes pour espérer la clémence ? Ou était-il en droit d'obtenir les accords du magistrat de la liberté pour exposer au monde son cœur ? Si son père apprenait cela, le jeune homme n'en sortirait pas vivant.

Son cellulaire se mit à vibrer, ce dernier l'appelait justement.

– Allô ?

– *Alors comme ça, on sèche les cours dans le dos de ses parents ?*

L'étudiant déglutit. Comment son père avait-il pu s'en rendre compte ? C'était tout bonnement impossible. À moins que…

– Qui t'a mis au courant de cette histoire ?

– *Là n'est pas la question, Maël. Rejoins-moi dès que tu as terminé. Nous devons discuter.*

Celui-ci raccrocha, tout énervé. Était-ce si dramatique de manquer quelques cours ? Il avait espéré ne pas se faire prendre. Visiblement, c'était manqué. Maël connaissait le coupable de cet aveu, et plus jamais la confiance ne serait au rendez-vous.

Soudain, il eut l'impression d'entendre sa conscience au loin, lui murmurant de ne pas franchir les limites de ses parents et de respecter leur décision. Pourtant, son insouciance lui criait d'accepter la fameuse proposition de son professeur. De cet énergumène qu'il était censé haïr.

La question régnant au sein de son esprit était la suivante : était-il capable, désormais, de fragiliser les principes ancestraux de sa famille ?

Celui de dépasser l'interdit... De laisser un contrôle supérieur aux sentiments. Nul ne le savait, son cœur était le seul détenteur de la bombe. De cette bombe qui grandissait petit à petit sans prendre le temps de s'arrêter. Cette bombe dont il était le seul à maîtriser, mais qui s'avérait dure et qui était prête, à tout moment, d'éclater sur le champ de bataille.

Chassant ses pensées d'un geste imaginaire de la main, il sortit de l'établissement.

Rejoignant son père, Maël marchait et prenait, petit à petit, sa décision. Il n'avait pas revu son professeur principal depuis le début de la journée et se disait que ce dernier devait être parti, après avoir terminé.

Arrivant devant l'immense bâtiment, Maël pénétra le lieu et rejoignit son père. Ce dernier travaillait dans le secteur des urgences psychiatriques et était psychiatre dans un cabinet médical une fois par semaine. C'était un travail rude, obligeant l'aîné à consacrer la plupart de son temps à son travail.

Ne sachant pourquoi celui-ci avait choisi la difficulté, le garçon s'installa dans la salle d'attente et vit son père, le regard froid, lui demander de venir.

L'élève déglutit mais avança d'un pas ferme et déterminé. Rien ne lui ferait plus peur, lui disait son insouciance. Sa conscience, quant à elle, demandait au jeune homme de respecter sa promesse. Il avait envie de franchir l'interdit, pourtant, le regard de cette conscience, aussi froid et meurtrier, l'empêchait de prendre une décision.

– J'aimerais que tu me donnes des explications, fils.
– J'en ai pas et pourquoi t'es obligé de savoir ?
– Être ton père signifie que je mérite de connaître les raisons pour lesquelles tu décides de te rebeller.
– T'es jamais là, maman non plus.
– Bien sûr que si, nous sommes présents.
– Ah bon ? répondit Maël, faussement surpris. Quand est-ce que t'avais décidé de nous protéger face à lui ?
– Ça n'a aucun rapport, affirma l'aîné, froidement.
– Bien sûr que si ! C'est juste que t'es beaucoup trop occupé par tes patients et tu délaisses tes enfants.

Ne supportant pas les remarques de son fils, son père lui claqua le visage avec violence.

Sa joue devint chaude sous le coup donné. Maël, étant plus que surpris, replongea dans de mauvais souvenirs. Sa mémoire d'enfant revint au galop, s'acharnant comme à son habitude sur la souffrance de son cœur. Le désespoir de ce petit être qui ne demandait que de la bienveillance, mais à qui on avait répondu que le mot n'existait pas. Puis, lorsqu'il crut espérer, le monde lui jeta de la violence au visage.

Tournant légèrement la tête, il regarda son aîné d'une façon si haineuse, que ce dernier prit peur. Il recula d'un pas et vit la main de son fils se déposer sur la marque qu'il avait créée.

– Si tu comprenais la moindre douleur que je ressens, tu saurais déjà la raison de mes cours manqués. Mais visiblement, tu reproduis les mêmes erreurs que lui. T'es pareil.

Après sa réponse, Maël partit, violent dans sa démarche et claqua la porte. Il courut en direction de l'extérieur, ignorant tout le monde et sentant, peu à peu, les larmes s'occuper de ses yeux. Quelle sensation désagréable !

Étant sorti de l'hôpital, il se mit sur le côté et laissa le masque tomber. Les larmes étaient là, il ne pouvait les retenir face à la situation. Pleurer, pleurer et encore pleurer. Ce n'était sûrement pas l'unique remède, mais ses yeux ne purent qu'accepter de l'emprunter le temps d'un instant. Pourtant, pour la première fois, il était fier. Fier d'avoir réussi l'impossible, une épreuve autrefois qui lui semblait insurmontable. Elle venait donc de commencer. Maël était certes triste, mais davantage heureux d'avoir dit ce qu'il ressentait. D'avoir exprimé les remords que son cœur gardait depuis tant d'années envers son père. Ce n'était qu'une infime partie, le reste n'avait plus qu'à se dévoiler.

Chapitre 6

Lorsque l'on cherche son propre horizon, on tente toujours de renverser l'impossible. On essaye et des fois, on se rend compte que les barrières sont plus difficiles à faire tomber. Monsieur Kid en avait bien conscience. Étant arrivé devant cette chambre qu'il redoutait, il fit une mine inquiète et pénétra dans la pièce. Sa cadette l'attendait, impatiente. Depuis combien de temps ne s'étaient-ils pas revus ? Bien trop pour John.

La jeune femme, jusque-là dans son lit, afficha un sourire lorsqu'elle l'aperçut, puis l'appela d'une voix qui connotait une grande fatigue.

– Bonjour, John.

– Bonjour, Bérénice, dit-il d'un ton mielleux, caressant sa main tendrement.

Cette dernière était assise et semblait de bonne humeur, mais paraissait, sans le vouloir, épuisée par la tonne de médicaments qu'elle consommait.

– Tu m'as l'air en forme aujourd'hui !

– J'essaie de garder le minimum de force pour toi ! répondit-elle avec joie.

– Tente tout de même de te reposer.

John savait que le temps pressait, que la maladie atteignant la jeune femme réserverait de mauvais présages. Il savait que le sourire qu'affichait Bérénice n'était qu'un masque de mensonges face aux tourments qu'elle traversait.

Qu'un jour, son coeur ne pourrait pas tenir longtemps, envolant avec ses peurs, son humble vie. Cette existence, qui semblait périlleuse face aux événements passés, devenait aujourd'hui l'une des choses les plus précieuses aux yeux du professeur.

Du haut de ses vingt-huit ans, Monsieur Kid avait ainsi compris l'importance de la vie grâce à de nombreux malheurs. Le monde n'avait pas été indulgent, il en était conscient.

Il tentait d'offrir à sa cadette une image sûre et sereine devant elle, cependant, il laissait de temps à autre les larmes donner raison à sa peine. Après tout, qu'était la tristesse lorsque la vie nous avait appris à voir l'infime détail de bien-être ? Un passage. Rien de plus, rien de moins. Une brise qui paraît désagréable. Un vent qui arrache notre chair, mais qui la recolle peu de temps après.

Au fond de lui, le jeune homme espérait que le trouble de sa sœur prendrait le minimum de place et que l'acceptation serait l'unique remède. Étant franc, ce dernier voulait simplement s'accorder un moment de joie, voiler la réalité qui tentait en vain de lui rappeler le drame.

Après quelques banalités, John se dirigea vers un sujet qui ne plaisait pas toujours à la jeune femme.

– Les médecins t'ont dit si le traitement commençait à fonctionner ?

Il se doutait parfaitement de la réponse, mais il voulait être sûr, encore une fois, pour sûrement obtenir un quelconque espoir.

– Presque tous ne sont pas optimistes, avoua-t-elle tristement, mais je ne perds pas espoir ! Je les vois et les entends de moins en moins. Je suis sûre que le résultat sera présent, ne t'inquiète pas John.

Monsieur Kid souhaitait y croire au fond de lui-même. Il connaissait simplement les conséquences de cette maladie, la mort étant la potentielle chute. Si son esprit refusait de coopérer avec le traitement prescrit, John savait parfaitement que le drame arriverait. Pourtant, une petite voix bienveillante se glissait dans sa tête, lui disant de continuer à persévérer. Peut-être qu'un jour, Bérénice serait débarrassée du fardeau qui la plombe depuis dix ans ? Un fardeau que le plus âgé connaissait du bout de ses doigts, rongeant cette patiente de plus en plus chaque jour, lui empêchant une vie sereine et prospère.

    Si l'on savait l'histoire de cette femme, personne de censé ne serait resté à son chevet. Néanmoins, comme disait le monde, l'amour remporte toujours le combat.

    La discussion se termina sur de bonnes nouvelles qu'avait apportées John. Il s'en alla, malheureux d'abandonner une énième fois Bérénice. En dehors de l'établissement médical, il sortit de sa poche un paquet de cigarettes, en retira une et l'alluma à l'aide de son seul briquet. À cet instant, il s'en fichait de l'importance écologique de son geste, son corps en avait besoin.

    Soudain, des reniflements attirèrent son attention. Tout en aspirant une bouffée de tabac, il tourna son regard vers les pleurs silencieux d'un garçon qu'il reconnut au premier coup d'œil.

    Son élève fétiche se tenait proche de lui, les larmes aux yeux, essuyant avec peine la morve dégoulinant de ses narines.

    – Bring ? Ne put s'empêcher de dire Monsieur Kid.

    Ce dernier s'aperçut de la présence de son enseignant, se releva aussitôt et s'excusa pour la gêne occasionnée.

    – Ne vous excusez pas, mon garçon.

    Maël acquiesça, le salua et partit sans un mot. Vu l'état dans lequel était son étudiant, John ne s'attarda pas sur cette fuite, il se doutait bien que ce dernier devait être blessé. Tout comme il l'était, blessé par le passé et l'injustice de l'existence humaine. Cette émotion qui le prenait jusqu'aux tripes, qui autorisait le juge du mensonge d'attraper les mains du rêve pour faire le sale boulot. Un boulot qui facilitait le déni à pénétrer le cœur.

Ne trouvant plus l'utilité de rester devant le meurtrier de la jeune femme, il s'avança en direction de son chez-soi, arriva et se servit, pour la première fois depuis longtemps, un verre de vin rouge qu'il consomma en compagnie d'une nouvelle cigarette. Il voyait toujours la solitude décorer son appartement, pour le rendre peut-être plus chaotique.

Tout en ouvrant la fenêtre, il pensa si fort au passé, qu'il crut en voir une parcelle. À l'intérieur, ce professeur, consacrant sa vie aux manuscrits de l' humanité, se sentait dépourvu de tout. John se mit alors à observer le monde, à consacrer son temps à la description de cette petite épicerie qu'il voyait chaque jour, mais qui n'avait jamais eu droit à sa visite. Souriant faiblement, l'enseignant décala son regard sur un homme, sûrement à la rue, dormant dans le froid avec une couverture qu'il maintenait fort pour se protéger du temps. Ce vent qui arrêtait la pousse des plantes et détournait la chaleur d'abriter les plus démunis.

Qu'avait-il vécu pour en arriver là ? Peut-être une horrible histoire qu'il n'aurait jamais la chance de raconter à ses enfants ? En avait-il ? D'apparence, ce vieillard était âgé. À l'intérieur, il était mort depuis bien longtemps. Son cœur devait être comprimé par le chagrin et la peine de ne plus avoir quelqu'un sur qui compter. Et qu'est-ce que John pouvait comprendre ce sentiment. Celui d'avoir perdu la totalité de son âme en une fraction de seconde, celui d'être réduit à une sorte d'esclavage de la tristesse, demandant chaque jour au juge du bonheur de lui accorder un peu de clémence. Celui qui supprime la conscience du cœur et la remplace par un horrible sentiment.

Ce dernier, malgré la peur et la souffrance, s'était relevé. La difficulté, il la comprenait et espérait pour le vieillard qu'il aurait l'occasion de connaître la réussite. Néanmoins, voyant cette scène devant lui, John ne put s'empêcher de retenir les larmes au fond de son cœur brisé, alarmé et détruit.

Si Bérénice venait à partir de ce monde, Monsieur Kid ne tenterait plus de voir l'infime partie du bonheur. Il n'essayerait plus de croire en l'espoir et laisserait tomber l'imagination pour s'abandonner aux sanglots. Il pleura, laissa les dieux exprimer leur mélancolie à travers son corps. Son visage était, à cet instant, couvert de petites gouttelettes provenant de son malheur interne, celui de l'abandon.

À cet instant, si son unique famille venait à s'en aller dans l'au-delà, John s'engageait à tenir sa promesse. Celle de rejoindre son bien le plus précieux, sa sœur.

Chapitre 7

Le réveil avait été dur pour Maël. À peine rentré chez sa mère, le garçon avait été rejoindre les bras de Morphée tant cette discussion l'avait épuisé. Au beau milieu de la nuit, ce dernier se réveilla en sursaut et se demanda d'où pouvait venir ce cauchemar. Lorsqu'il pensait être seul, il aperçut la gravure de son enfance devant lui, affalée sur le mur, tel un zombie. Horrifié par cette vision, il en devint bleu d'effroi. Son visage se métamorphosa en une espèce de flaque gluante, personnifiée par la peur et la tragédie. C'était épouvantable !

On aurait dit que son passé souhaitait lui montrer l'endurance de ses blessures, lui prouver que le temps d'un souffle ne suffisait pas pour cicatriser les plaies encore gorgées de tristesse. Peu importait où le jeune homme se trouvait, la cicatrice reprenait forme comme une sorte d'ouragan, emportant ses émotions.

Il se lava le visage et regarda son reflet avec pitié et désespoir. Quoi de mieux qu'une bonne dose de dégoût avant de s'endormir ?

S'affalant sur son lit et apercevant le soleil se lever, Maël attendit sagement la sonnerie de son réveil. Pensant affronter les pouvoirs du dieu du repos, il s'endormit vingt minutes avant que son alarme retentisse.

Arrivant au lycée avec détermination malgré une fatigue pesante, l'étudiant, pour la première fois, fut le premier à arriver devant la salle de son professeur qui semblait légèrement en retard. Peut-être que la raison était liée à leur échange ? Qu'importe. Maël était sûr et certain de son choix, pas un seul aléa ne le ferait changer d'avis.

Lorsque l'astre solaire avait créé de magnifiques reflets sur sa fenêtre, ce dernier avait eu l'envie d'écrire. Un passage permettant de décrire la beauté des rayons du soleil.

Surprenant, non ?

Cette lumière si fine et légère avait régné quelques secondes. L'aube, l'appelait-on. Cet événement, n'apparaissant qu'une unique fois en vingt-quatre heures, était sublime. Qu'avait-il eu envie de rédiger ? Même lui n'en était pas certain.

Un peu avant que la sonnerie ne retentisse, Monsieur Kid arriva épuisé par une course contre le temps. Il se courba légèrement pour reprendre son souffle, face à la porte. Puis, en levant la tête, il se rendit compte que son élève le regardait avec interrogation.

– Bring, vous êtes en avance ce matin !

– Et vous en retard, répondit l'autre, froidement.

Ce reproche insolent fit sourire le plus âgé qui, pour se venger, eut une idée.

– Puisque je suis en retard, vous allez avoir le plaisir de faire l'analyse linéaire de ce texte.

Tout en donnant la consigne, il sortit un papier où l'on pouvait voir le titre en haut : *Vénus Anadyomène*, d'Arthur Rimbaud.

– Si je le fais pas, je suis collé ? demanda-t-il.

– Évalué, peut-être bien que oui.

Soupirant avec exagération, le jeune homme pénétra dans la salle de classe et s'assit au second rang. Serait-il tranquille ? Sa conscience le regardant au loin affirmait que non.

Monsieur Kid s'installa sur une chaise et regarda Maël lire ce poème d'une beauté et d'une atrocité révoltante. Rimbaud était un chef d'œuvre à lui tout seul. Cependant, ce contre blason venait à en dire énormément sur la vie du poète, ses pensées et la ténacité de son cœur.

Par la suite, l'enseignant accueillit les autres élèves, un sourire au visage. Tout le monde fut surpris de voir l'étudiant, assis sur une chaise, à froncer les sourcils chaque fois que ses yeux parcouraient le poème. Ce n'était pas habituel d'apercevoir Maël assis en premier, surtout ces derniers temps. Des chuchotements apparurent dans l'air, le principal concerné n'y faisant pas attention, trop concentré sur la tâche que son aîné lui avait confiée.

John commença à faire l'appel, lorsque Maël l'interrompit.

– Pourquoi ce poème ?

Le professeur, interloqué par cette question, suggéra à son élève de le relire.

– Je viens de le faire cinq fois et je comprends pas comment la vision de Rimbaud peut être aussi désastreuse.

Monsieur Kid eut l'impression d'avoir des étoiles dans le creux de ses iris. Maël venait de décrire parfaitement, sans même le savoir, le dégoût profond que ressentait le poète envers les femmes. Il voulait donner une autre tonalité à la vision de l'amour et de la mythologie. Peut-être que la tournure était voulue ? Le but du poème était de provoquer et d'interloquer le monde. Pourtant, John n'avait jamais compris les raisons de Rimbaud. Une description comme celle-ci envahissait l'esprit d'une image nauséabonde, donnant l'envie instantanée de vomir.

> *"Les reins portent deux mots gravés : Clara Venus ;*
> *– Et tout ce corps remue et tend sa large croupe*
> *Belle hideusement d'un ulcère à l'anus."*

C'était tout bonnement ignoble, voilà le seul mot qui lui venait à l'esprit.

Secouant la tête afin d'oublier la repoussante représentation de ce poème, John tenta de garder son sérieux et de demander, à Maël, d'analyser le texte.

– J'en suis pas capable et, même si je le souhaitais, je l'aurais pas fait, avoua le jeune homme.

– Pourquoi donc ?

Un silence, puis un soupir.

– Parce que ce poème dégrade la vision des femmes et que jamais je prendrai la décision de l'analyser.

– Même si je note votre insolence et votre refus face à ma question ?

Maël acquiesça.

Par la suite, une ambiance étrange plomba l'atmosphère. Le cours venait à peine de débuter et voilà que Maël s'apprêtait à pleurer. Le sentiment que faisait éprouver ce poème allait au-delà de toute chose, tant la méchanceté et la culpabilité prenaient le dessus. Voyant le visage crispé de son élève, John se posa des questions et il comprit. Était-il en train d'accepter le sentiment de haine profonde envers un écrit ? Acceptait-il, en fin de compte, de dévoiler ses émotions ? L'enjeu était grandiose.

Face à cette réponse, le professeur ne put s'empêcher de reprendre son cours et de demander à ses étudiants de faire l'analyse linéaire de ce poème. Il sut que cela ne plairait pas au principal concerné. L'unique moyen de chercher l'émotion était de la provoquer.

Quelque minutes après l'annonce de sa consigne, Monsieur Kid s'approcha de lui. Voyant qu'il n'écrivait rien, le professeur tenta de lui toucher l'épaule, mais ce dernier, d'un geste bref, l'en empêcha. Maël devait être face à un état qu'il ne comprenait pas, qu'il n'avait jamais rencontré et qu'il détestait. Peine et désespoir étaient au rendez-vous. Le jeune garçon paraissait si effrayé par les sentiments qui s'emparaient de son esprit, cela faisait de la peine à son aîné. Il fallait lui donner goût. Ayant l'impression que c'était une priorité, il se jura de ne jamais laisser tomber, malgré ses refus, de continuer à lui partager le plaisir et la prospérité.

Le voir réussir devenait ainsi son but ultime.

Afin de lui redonner espoir, le plus âgé s'exclama.

– Je pense vous avoir laissé du temps pour trouver une problématique convaincante et une analyse développée.

Tous prirent leurs feuilles et attendirent qu'un d'entre eux lève la main. Ça n'arriva pas.

Quelques-uns, après ce silence, osèrent proposer leur travail. Ne voulant pas pas perturber son cadet, il soupira et secoua la tête face aux aveux des autres étudiants.

– Écoutez-moi, chers élèves. Le but d'une analyse est de comprendre l'enjeu du poème, de savoir ce que l'auteur cherche à provoquer. Rimbaud n'est pas un poète comme les autres, prenez-en conscience. Pourquoi débarquerait-il à Paris afin de proposer une poésie sans foi ni loi ? C'est un rebelle ! Un insolent cherchant les limites de ses propres choix, dépassant ce que tout auteur aurait pu imaginer au sein de ce siècle, dit-il tout en haussant la voix. *Vénus Anadyomène* représente un contre blason, un poème dégradant l'éloge de la femme, ne la réduisant qu'à un objet futile et sans intérêt !

Il fit une courte pause pour prendre la feuille du poème.

– Prenez le dernier vers *"ulcère à l'anus"*, cela ne vous choque-t-il pas ? Faire face à une comparaison si dévastatrice de la femme ?

Regardant un de ses élèves, il lui prit son manuel et le jeta dans une poubelle. Tous le regardèrent ahuris face à son action. Peut-être qu'un d'entre eux souriait discrètement, Monsieur Kid l'avait bien compris et continua son discours.

– Comprenez quelque chose, chers amis. La littérature permet à quiconque de franchir les lois de ce monde. Mon but aujourd'hui est que vous soyez capables de ressentir la part de votre cœur, ses battements, ses émotions, tel un être vivant. Votre cœur fait partie de vous, mais cherche avant tout à vous garder en vie ! Ne laissez jamais personne vous dicter vos choix, ils vous appartiennent et n'attendent que vous ! s'écria-t-il, ses lèvres étirées vers l'extérieur. Alors, tant que vous ne sentirez pas l'émotion d'un texte, jamais vous ne serez capables d'accomplir votre mission. Celle de vivre.

Était-il dur ? Sans aucun doute. Pourtant, l'objectif était de réveiller les cœurs des plus jeunes. Un parmi eux venait de le découvrir, John l'avait entendu. Il avait perçu, à travers tous les coups des autres cœurs, ceux de son protégé. L'espoir, qui avait gardé son existence jusqu'à cet instant secrète, régnait pour la première fois dans ce petit être, trop longtemps couvert par les nuages. Monsieur Kid, par cette joie et cette colère redoutable, avait réussi son coup. Maël serait prêt à accepter la vérité. Le mensonge pouvait commencer à faire ses valises. Les battements du cœur de son cadet n'avaient jamais été si puissants.

Chapitre 8

— Je peux vous parler, monsieur ? demanda une voix timide et douteuse.
Le professeur releva la tête et croisa le regard de Maël.
Le cours était terminé depuis plusieurs minutes. Monsieur Kid avait laissé sortir ses élèves après ce discours mémorable qui resterait, sans doute, dans l'esprit de chacun. Cet instant de dévouement avait emporté, malgré lui, l'énergie de l'enseignant. Soufflant un bon coup, il pensa être seul lorsqu'un raclement de gorge lui permit de lever la tête et de découvrir Maël, le regard vers le sol.
Avec un sourire pour rendre son protégé à l'aise, il acquiesça.
— Bien évidemment, Bring, je suis à votre écoute.
Celui-ci soupira et se gratta la nuque, essayant à tout prix de dissimuler sa timidité.
— J'ai repensé à votre proposition. Je suis comme vous, franc, alors je tournerai pas autour du pot.
Monsieur Kid acquiesça.
— Je suis d'accord pour assister à vos cours. J'aimerais juste que ça reste entre nous. Mes parents doivent pas être au courant.
John accepta, enjoué par la réponse de son cadet, mais ne comprit pas pourquoi la prise de parole des émotions devait être un secret. Cela n'avait aucun sens, sachant que ses

parents avaient décidé de l'inscrire en littérature. Alors, pour quelles raisons fallait-il que la progression de leur fils soit cachée ? Tout ça lui échappait, mais il finirait par le découvrir. Peu importait le temps, rien n'empêcherait le professeur de connaître le dernier mot de cette histoire. Étrangement, Maël lui rappelait petit à petit quelqu'un, un étudiant dont il s'était rapproché, mais qui ne donnait plus de nouvelles. Un jeune homme au prénom d'Adam, qui avait fait ses preuves, qui s'était montré divinement doué. Hélas, le garçon partit du jour au lendemain, sans prévenir. C'était triste pour Monsieur Kid, néanmoins il acceptait la vérité et le comprenait.

– Je tiendrai ma parole, soyez sans crainte.

Le plus jeune agita la tête de haut en bas en guise de remerciement. Tous deux se donnèrent alors rendez-vous le lendemain.

Après le départ de son étudiant, John passa une main sur son visage et soupira. Depuis son passage, Bérénice n'avait pas osé l'appeler. Il ne lui restait plus qu'une heure de cours, la liberté l'attendait au loin, sagement. Sa conscience, face à ses doutes, lui fit penser au pire. Et si sa sœur était en danger ? Et si le traitement, depuis tout ce temps, ne fonctionnait réellement pas ? Ce dernier secoua sa tête pour tenter d'apaiser son esprit. Il fallait qu'il garde de l'énergie pour sa dernière classe. Ses peurs pourraient recommencer lorsqu'il aurait quitté le bâtiment. En attendant, il fallait faire profil bas et empêcher le magistrat du malheur d'apparaître, celui qui effrayait le sérieux et rendait le monde mauvais grâce à sa magie. Une magie que le professeur évitait.

Lorsqu'il enleva sa main, il vit quelques gouttes de sueur rester intactes sur sa paume.

Prier pour que son sang-froid coopère. Oui, c'était nécessaire.

Monsieur Kid redoutait l'avenir face à la porte, le regard méfiant et rempli d'appréhension. Que pouvait-il bien se passer ? Il hésitait, n'étant en aucun cas sûr de vouloir voir ses peurs se former devant lui. Affronter la vérité n'était pas le plus dur. En revanche, observer le cauchemar se manifester semblait plus compliqué. Fermant les yeux, il souffla un bon coup et baissa la poignée de cette porte qu'il avait observée durant de longues minutes.

Pour une fois, peut-être que la méfiance avait gagné ? Ce dernier, pénétrant dans la chambre de sa sœur, fut stoppé par ce qu'il vit. Bérénice était là et assise sur son lit, les yeux rivés sur le sol. On aurait dit qu'un fantôme était venu pour aspirer son âme, la contrôlant en même temps. Horrifié par cette vision, il tenta de voir si son arrivée avait attiré son attention, mais rien. La jeune femme restait là, vide de tout, vide d'une existence qu'on avait piétinée sans remords, sans scrupules, sans douceur ni coeur.

– Bérénice ? l'appela-t-il d'une petite voix.

Pas de réponse. Cette dernière restait totalement inactive face aux paroles de son frère, pas même un mouvement. Soudain, la jeune femme murmura quelque chose d'incompréhensible mais que le plus âgé réussit à déchiffrer. Un frisson parcourut l'échine de John. Son cœur battait sans relâche, sa respiration devenait de plus en plus rapide, que lui arrivait-il ?

– Je les ai tués...

Monsieur Kid, n'ayant plus la capacité d'avancer, comprit parfaitement la situation. Bérénice faisait référence à quelque chose d'ancré, de tabou et d'inoubliable pour son frère. Un souvenir qu'il aurait préféré confier aux oubliettes, un événement désagréable, envahissant son corps d'une multitude de frissons.

Répétant de plus en plus la même phrase, il ne sut quoi faire. Sentant que son corps pouvait à nouveau bouger, John s'accroupit et sentit son coeur lui faire mal, comme si, la peur de revivre l'événement était beaucoup trop atroce pour son corps. Il se débattait, lui non plus ne voulait pas que la douleur revienne. *Trop compliqué*, criait-il. Il essayait de parler, mais les mots ne purent sortir.

La perte était devant lui, dévoilant son sourire horrifique et ses grandes dents blanches pointues. Quant à elle, la mort s'approchait petit à petit, laissant traîner sa faux au sol. John voyait bien que Bérénice repartait dans une crise de délire.

Un infirmier pénétra dans la salle et vit le spectacle commencer. Il s'approcha du professeur, qui le regarda avec désespoir. Le jeune homme comprit qu'il était impératif d'agir pour le bien de la patiente et de son frère.

La frénésie refaisait face, jusqu'à s'en mordre les doigts, elle avait choisi la jeune femme comme hôte. Déposant ses valises avec hâte, la folie s'était installée tranquillement dans le but de manipuler l'esprit, dicter les gestes sous peine d'être condamné à la souffrance éternelle. Cette dernière se mettait à crier si fort, que l'enseignant dut se boucher les oreilles. Une scène surprenante pour l'infirmier et les quelques médecins qui passaient par là.

– Sortez, monsieur ! ordonna le garde-malade.

Plusieurs médecins coururent vers la principale concernée, tant le vacarme qu'elle causait se faisait entendre. Ils se dirigèrent vers Bérénice pour la maintenir et lui demander de se calmer. La jeune femme était obnubilée par la folie, bougeant sans relâche et suppliant avec désarroi qu'on la laisse tranquille. On aurait dit un animal prêt à se faire abattre et maintenu de force. À cet instant, elle ressemblait davantage à une humaine maltraitée par le ciel, ordonnant au monde de

la sacrifier pour des actions qu'elle considérait comme ses péchés. Une vision d'horreur pour John.
— LAISSEZ-MOI ! JE VEUX LES VOIR !
Ce fut la parole de trop. John ne put tenir plus longtemps, reprit ses esprits et se dirigea vers elle. Il la couvra de ses bras pour arrêter toute tentative de violence. Plus personne ne s'approchait de Bérénice, tant son geste les avait surpris. Il était là pour la protéger, peu importait le prix que cela lui coûterait. Même si cette dernière réagissait violemment, son corps n'osait plus bouger d'un centimètre. Jadis, on l'en avait empêché, on avait minimisé sa tristesse. On avait gardé secret l'impensable dans l'idée de conserver une famille unie. Lorsque le problème finit par devenir insurmontable, on décida de briser le vase du mystère hantant chaque esprit. Les eaux coulèrent dans leur fleuve respectif, mais changèrent de direction au dernier moment. Tant la culpabilité se faisait gigantesque, qu'elle déborda la contenance maximale du cœur d'un enfant. L'ouragan créa un désastre aux yeux des cœurs, des âmes et de John.

Les coups de sa sœur brisaient son estomac, ses pectoraux, elle se battait mais la folie qui la consumait était bien trop puissante. Pourtant, le plus âgé s'en fichait. Il acceptait les coups, la terreur et pleurait intérieurement devant le désespoir qui consumait son âme petit à petit.

Tout à coup, deux paires de main vinrent prendre son corps de force et l'éloigner de la dégénérée. Ses bras s'accrochaient aux siens mais furent faibles face à la puissance des autres.
— LÂCHEZ-MOI ! LAISSEZ-LA EN PAIX ! criait-il pour la première fois.

Il n'en pouvait plus de voir sa sœur hors de contrôle, la voix se brisant petit à petit et maintenue par une bande de spectateurs.

Monsieur Kid, une fois sorti de la salle contre sa volonté, se dégagea de l'emprise des médecins.
— Monsieur, dit un infirmier, je vous demande de respirer et d'arrêter ce boucan.
— Qu'est-ce que vous lui avez dit pour qu'elle se mette dans un état pareil ? répondit John, furieux et au bord des larmes.
— Le Docteur Warren veut vous voir en urgence, elle répondra à toutes vos questions.

Sur le chemin jusqu'au bureau de cette psychiatre, John dut enfermer ses émotions dans une cage et fermer la porte à clef. Être dans un état comme celui-ci n'était en rien raisonnable. Cela se comprenait, mais les larmes devaient rester à l'intérieur. Impossible pour sa sœur, pour sa mère, pour son père. Une fois dans l'ombre, les sanglots pourraient apparaître. En attendant, le sérieux devait prolonger sa venue.

Arrivant devant le bureau du Docteur Warren, ils y pénétrèrent. John découvrit une jeune femme habillée d'une blouse blanche, possédant de beaux yeux vert émeraude et un air sérieux. Elle lui fit un geste de la main, permettant au professeur de s'asseoir, face à elle.
— Bonjour, Monsieur Kid. Je suis le docteur Warren, la psychiatre de votre sœur, Bérénice Kid.

John acquiesça poliment.
— Je tenais d'abord à vous présenter nos plus grandes excuses pour ce qui s'est passé. Vous ne deviez pas assister à ça.

Il ne répondit rien, resta neutre, mais sentait que les pleurs éclateraient bientôt s'il ne s'en allait pas vite d'ici.
— Vous n'êtes pas sans savoir que Bérénice possède un traitement qui, jusqu'à présent, fonctionnait bien. Les crises diminuaient et cela restait tout à fait positif !

Sentant le drame s'approcher, John déglutit. Non pas qu'il était intimidé, mais pour tout simplement retenir la

tristesse. Il savait que ses peurs contrôlaient le temps et qu'un jour, leur naissance deviendrait un véritable désastre pour son existence. Il connaissait le risque de sa souffrance et de sa durée de vie. Interminable.
    – Mais nous serons bientôt à court de temps.
    Les battements de son cœur furent plus discrets. Comprenant parfaitement le message que la jeune femme souhaitait passer, il détourna le regard et ne s'empêcha pas de lâcher une larme. C'en était trop ! John savait les risques, les connaissait profondément et espérait au fond de son cœur que les crises ne reprendraient plus, qu'elle serait sauvée ! Quelle naïveté ! Son esprit avait tant voulu dissimuler la vérité, que le mensonge devenait la meilleure des solutions. À la confirmation de ses doutes par le visage assombri de sa conscience, il se sentit mourir de l'intérieur. Son cœur s'évapora comme la rosée du matin, une eau peut-être trop douce mais qui finit par céder au chantage des nuages grincheux. La frénésie de sa sœur commençait à gagner, à grignoter chaque partie de son corps sans remords. Bientôt, les voix présentes lui suggéreront de commettre l'irréparable. Cette idée, malgré son absence, terrifiait l'enseignant. John ne verrait rien et la route du bonheur n'existerait plus. Elle disparaîtrait pour de bon sans adresser la moindre parole pour le chemin accompli.
    – Il faut vous préparer, monsieur.
    Une once d'espoir était visible au sein de ses yeux. Mais la vérité faisait surface. Encore et toujours.
    – La schizophrénie de votre sœur est bien trop puissante. Elle a été accentuée depuis leur disparition. Nous étions positifs, mais nous ne le sommes malheureusement plus. Préparez-vous au pire.
    Ainsi, comme disait le dicton, le mensonge avait pris l'ascenseur pour voiler la peur, et la vérité avait pris l'escalier dans le but de mettre fin à l'espoir.

Interlude

J'étais jeune. Lorsqu'on est jeune, on perd toute notion du temps. Lorsqu'on grandit, on oublie de perdre du temps. Voilà la philosophie de ma mère. Comment pourrai-je dissimuler cette pensée qui appartenait à la personne la plus importante de ma vie ? Impossible. Cette dernière, face à moi, traçait à l'aide de son doigt la couverture du livre que je venais de lui offrir. Son anniversaire, quelle belle fête !
– Merci mon chéri, je ne connaissais pas cet ouvrage, m'avoua-t-elle, un sourire presque de gêne.
– C'est un de mes livres préférés, j'espère qu'il te plaira.
M'observant de haut en bas, mon père me dit d'une voix calme :
– Je ne savais pas que tu lisais, fils.
– J'ai réussi à m'y mettre grâce à un camarade de classe. Au début, j'ai trouvé ça fade, mais lorsqu'il m'a présenté *Paper Heart* de Luhan de Freitas, j'ai trouvé ça tellement poétique, que j'ai décidé de lire.
Il acquiesça, puis me félicita. J'avais détesté la lecture pendant de longues années. Étant le seul de la famille à ne pas lire, mes parents désespéraient petit à petit. Puis, lorsque l'on m'avait donné un livre entre mes phalanges et que j'avais feuilleté quelques pages, j'avais découvert la poésie et la liberté de la lecture. Un moment que l'on s'accorde à soi, un

moment que l'on partage avec son imagination, un moment qui nous aide à nous échapper de la réalité, un moment qui permet à chacun de découvrir sa propre et unique liberté. Voilà ce que j'avais compris avec *Paper Heart*.

    Je n'écoutais plus la musique de la même façon et je comprenais davantage le sens de chaque mot. Le piano que mon père avait acquis lors de son enfance, je n'y avais jamais touché avant ma lecture. Puis, l'envie de jouer quelques notes était venue, je n'avais pas pu résister. Et me voilà en train de jouer un morceau pour ma mère.

    Elle s'approcha de moi et me caressa l'épaule, me murmurant que c'était très bien.

    Étant professeure de musique, elle m'accompagna pour une dernière cadence. Je ne refusais pas et nous jouions sous les yeux admirateurs de Bérénice et de mon père qui, malgré son apparence autoritaire, était sensible. Un air d'amour que ma mère ne voyait presque jamais s'empara de son visage. C'était à la fois étrange et merveilleux.

    Du haut de mes dix-huit ans, je provenais d'une famille plus qu'intéressée et dévouée à l'art. Des fous, nous appelait-on. J'étais heureux, épanoui par des parents aimants et regardais la vie avec bonheur. Les malheurs arriveraient sûrement, mais je m'en moquais à ce moment-là. Vivre était ma seule condition et je ne me plaignais pas. J'apprenais à être solide malgré les épreuves. Cependant, si je m'attendais au futur événement, je pensais que si ma solidité n'avait pas été là, je serai tombé au fond du puits du désespoir. Un puits qui nous plonge dans les plus profondes ténèbres de l'existence. Un endroit désagréable et sans saveur.

    Après quelques échanges avec mes parents, ma petite sœur vint jusqu'à moi pour me câliner.

    – Tu peux me rejouer un morceau, John ? me demanda-t-elle d'une petite voix.

Je souriais face à sa question et lui proposais plutôt de l'amener jusqu'à son lit pour qu'elle s'endorme. Il était tout de même tard pour une jeune fille de douze ans. Elle paraissait totalement enfantine, mais cette dernière avait peur des soi-disant "fantômes" dans sa chambre. Mes parents avaient tout tenté pour la calmer, Bérénice ne s'apaisait qu'en ma présence. Je prenais donc soin de l'accompagner afin qu'elle soit rassurée.

Me tenant la main comme une enfant, je lui offrais un bisou une fois installée et caressait son visage. Ce visage pour qui je pouvais donner mon existence s'il lui arrivait malheur. Un visage si enfantin qui empêchait le magistrat du cauchemar d'intervenir.

– J'veux pas t'embêter encore plus, grand frère, va te coucher.

– Tu ne m'embêtes jamais, 'Nice. Si le moindre problème intervient, je suis à côté.

Elle acquiesça en souriant. Tout à coup, je sentis une légère peur l'envahir, comme si les monstres hantant ses pensées attendaient mon départ pour l'effrayer. L'embrassant de nouveau sur le front, j'allumai la veilleuse et fermai la porte. Il fallait que je fasse des recherches sur ce problème. Pourquoi depuis ces dernières années, Bérénice se mettait à voir d'étranges choses qui la terrorisaient au plus haut point ?

M'en allant au rez-de-chaussée, je partis embrasser mes parents pour leur souhaiter une bonne nuit et récupérer un verre d'eau. Je montai en direction de ma chambre, m'installai sur mon lit et allumai mon ordinateur. Après une soirée entière à rechercher des choses qui ne donnèrent aucun résultat, je m'endormis soudainement par la fatigue et me réveillai à cause d'un cri provenant de la chambre de ma cadette. Me levant en sursaut, j'accourus jusqu'à elle.

Quand j'arrivais, Bérénice était en pleurs, couverte de sueur. La recouvrant de mes bras, je lui chuchotai de doux mots permettant de la calmer. Inquiets par le boucan, mes parents arrivèrent et s'approchèrent de ma sœur.

— Papa, maman, disait-elle avec peine, je les ai encore vus ! Ils sont partout...

Ma mère s'approcha doucement de nous et la prit dans ses bras. Elle lui murmura quelques paroles et ferma la porte.

Mes parents, désemparés par la tristesse de Bérénice, me parlèrent dans leur chambre.

— On ne peut plus la laisser comme ça, il faut l'amener là-bas.

Si je devais être honnête, je m'y attendais parfaitement, mais je ne pouvais pas laisser ma petite sœur se faire maltraiter par d'autres personnes, pas là-bas.

— Trouvons un autre endroit papa, je t'en supplie...
— Vois-tu d'autres endroits, fils ? Dit-il d'un air sérieux.

Comprendre que la protection de ma sœur revenait à être plus important que tout le reste était-il si compliqué ? Apparemment, mon père n'était pas de cet avis.

Devais-je accepter que ma cadette se retrouve entourée de fous ? Je soupirai. Voyant mon désespoir, ma mère posa sa main sur mon bras et le caressa.

— Nous viendrons la voir tous les jours, d'accord mon chéri ?

Que pouvais-je dire, après tout ? Je n'avais aucune autorité parentale. Un psychologue n'avait jamais suffi. Voilà la réalité du problème. Et à présent, nous allions la remettre entre les mains d'incompétents ? Malgré ma colère imminente, je devais obéir et fermer la bouche sans répliquer.

J'acquiesçai avec peine et retournai dans ma chambre. Je n'avais plus la force de dormir, il était quatre heures du matin, cela en valait-il vraiment le coup ? Je n'y songeais pas complètement. Le lendemain, ma sœur était amenée à l'hôpital. Et je n'avais rien pu faire contre ça. Quel idiot étais-je. Avais-je prévu qu'un événement tragique s'incrusterait dans cette vie qui, jusqu'ici, était supportable ? Je ne le savais pas.

    Je me levai le lendemain avec tristesse, sans avoir dormi ne serait-ce qu'une petite heure, rejoignis mes parents pour voir ma sœur une dernière fois dans notre foyer et partis en direction du lycée. Il ne fallut pas un instant après mon arrivée pour que je me fasse percuter par mon meilleur ami au doux nom de William.
    – Tu en as mis du temps, John.
    – Je n'ai pas vraiment le moral aujourd'hui, Will'.
    Il me regarda d'un air compatissant.
    – C'est à propos de 'Nice ?
    J'affirmai par un hochement de tête et finis par sourire.
    – J'irai la voir ce soir, ne t'en fais pas. En attendant, il faut y aller, on va être en retard.
    À l'extérieur, j'étais neutre, mais au fond je me sentais pathétique et sans valeur. Voyant mon humeur déplorable, William me prêta un livre afin que j'en oublie mon malheur.
    Après cette journée de cours assez épuisante, je me rendis jusqu'à l'hôpital pour la voir. Rien ne m'importait plus que de savoir si Bérénice allait bien. Sans elle, les plus grands espoirs et rêves que je pouvais avoir seraient gardés par le juge du temps. Arrivant devant l'accueil du bâtiment médical dans le secteur psychiatrique, je demandais à la secrétaire où se trouvait la chambre de Bérénice. Elle m'indiqua la deux cent cinq. Un pressentiment me disait que quelque chose ne passerait pas bien et j'avais toujours réussi à suivre mon intuition. Pourtant, ce jour-ci, mon appréhension me donnait mal au ventre. Celle-ci était tellement ancrée, que j'en avais la

nausée. Elle m'empêchait de marcher normalement, d'avancer convenablement sans que mon estomac se mette à me faire souffrir. Chaque pas était un supplice, une souffrance que l'on m'imposait et que je ne comprenais pas.

Avec difficulté, j'arrivais enfin devant sa chambre. Je l'ouvris et la vis allongée dans un lit, les yeux fermés. Elle avait pleuré durant de longues heures, si longues qu'une heure ressemblait à une minute. On voyait les restes des gouttes de sa pluie triste sur ses joues.

– 'Nice ? l'appelai-je.

Elle se redressa et eût comme une étincelle dans le creux de ses pupilles. J'étais tellement soulagé de la voir sourire. Ma cadette se leva et vint me sauter au cou, j'en eus presque l'envie de pleurer de joie. Je la retrouvai et tout était fini. J'étais si heureux que ses bras fins prirent mon mal de ventre pour le transformer en douceur et en papillons. Câliner ce petit être était devenu mon passe-temps favori, la voir grandir chaque jour était ma plus grande fierté. Puis, lorsque mon bonheur était à son comble, j'entendis sa petite voix qui réveilla mes craintes.

– Maman m'a dit qu'elle passerait à quinze heures, elle est pas là.

Ma mère n'était donc jamais arrivée ? Voilà le mauvais pressentiment que je ressentais depuis mon arrivée. Je m'écartai de ma petite sœur et cherchais mon cellulaire pour apercevoir l'heure. Un frisson parcourut mon échine. Il était seize heures. Pourquoi ma mère n'était-elle pas là ? Avec nous ? Que s'était-il passé ?

Rapidement, je composai son numéro et priai pour qu'elle décroche.

– Décroche maman, putain ! jurai-je.

Aucune réponse.

L'angoisse montait petit à petit. Ma respiration se fit plus rare et ma tête se mit de plus en plus à tourner. Un médecin entra dans la pièce.
– Tout va bien, monsieur ? demanda-t-il.
Non, rien n'allait. Ma mère ne décrochait pas. Elle devait être là depuis une heure, mais n'était pas là. Comment voulait-il que tout aille bien ? Famille parfaite de merde.
Je tremblais sans pouvoir m'en empêcher. Était-ce si difficile de se retenir ? De contenir l'inarrêtable angoisse ?
Ma sœur me regarda d'un air si inquiet que les larmes ne pouvaient pas s'empêcher de couler sur ses joues. Je voulais lui dire que tout allait bien, que notre mère était sur le chemin, mais rien ne sortait. Plus rien. Voyant que je ne répondais pas, le docteur vint jusqu'à moi pour me demander de respirer profondément. Je n'y arrivais pas. Il semblait bloqué face à la situation et appela l'un de ses collègues en renfort. Je n'allais quand même pas faire une crise d'angoisse devant ma sœur, il fallait retenir l'émotion, le plus possible. Bérénice ne devait pas me voir comme ça. Avec difficulté, je parvins à sortir quelques mots.
– Ma mère vous a-t-elle appelé pour vous annoncer son arrivée ?
Il m'observa d'un air peiné et me répondit calmement.
– Votre mère, comment s'appelle-t-elle ?
– Kid Leslie.
Son visage devint aussi blanc qu'un linge. La perte du contrôle de son ressenti se voyait. Pourquoi ce visage ? Que se passait-il ?
– Monsieur, votre mère... et votre père ne sont plus joignables depuis ce matin.
Voilà que le pire venait de se planter sous notre nez. Et comment réagir face à ça ? Il n'y avait plus rien à dire. L'adrénaline prit le dessus, je devais en avoir le cœur net. Faisant un léger baiser à ma cadette, je sortis en vitesse de la

chambre tout en demandant au médecin de prendre soin d'elle. Je sortis mon cellulaire de ma poche et appelai rapidement mon meilleur ami.

– William ! criai-je sous la panique.
– *Que se passe-t-il, Jo' ?*

L'angoisse envahissait tant mon corps, que je n'arrivais plus à parler, à énoncer le moindre mot, et cela, William le sentit.

– *Calme-toi, John. Respire, je suis avec toi. Dis-moi ce qu'il se passe.*

J'inspirai profondément après cette course contre la montre et parlai.

– Mes parents sont injoignables depuis ce matin.

Comprenant que ce n'était pas normal, il me donna rendez-vous chez moi pour éclaircir ce point et me souhaita bon courage pour le trajet.

Je courais comme je pouvais, bousculant une multitude de passants. N'en ayant rien à faire, je voulais connaître la vérité. Pourquoi mes parents ne répondaient plus ? Ressentais-je le pire ? Oui. Une boule au ventre paralysait tout ce que je faisais, rendant mes mouvements davantage plus lents et sans émotions. Les mêmes nausées précédentes, l'estomac retourné, le cœur battant sans relâche. Je me demandais combien de temps allais-je tenir debout dans cet état.

Montant dans le bus le plus proche, je validais mon ticket. Comment pouvais-je me retenir plus longtemps ? Les larmes coulèrent d'elles-mêmes, je ne pus les arrêter et n'en avais pas envie. Ces petites perles salées que je sentais dégouliner le long de mes joues étaient si tendres, si bienveillantes, que j'eus l'impression d'entendre ma conscience me parler. Je la scrutais non loin de moi, elle m'observait de ses yeux remplis de douceur. J'avais tant envie de la décrire, de lui dire que jamais le magistrat de la peur ne pourrait m'empêcher de réaliser mes rêves. Je voulais qu'elle y croie autant que moi, qu'elle puisse venir me voir afin de me féliciter. Je l'aimais telle une amie, la seule dont j'avais besoin à cet instant. Cette dernière s'approcha de moi, me tendit la main. Effrayé par ce que son toucher pouvait me procurer, je crus me sentir menacé. Elle nia et me caressa délicatement le visage, comme ma mère le faisait autrefois. Pourquoi avais-je l'impression de la voir devant moi ? L'esprit de ma mère venait-il hanter mes pensées ? Possible.

    Lorsque mon esprit se reprit, ma main était levée vers le ciel. J'avais tenté de toucher l'intouchable, essayé de chercher le plus petit réconfort et trouvé que la brise légère du printemps demeurait la seule présence bienveillante. Je la regardais avec étrangeté. Il fallait que je rationalise. Je me relevais difficilement et vis le paysage défiler. C'était si agréable d'observer les champs de fleurs avec rapidité, que j'eus l'impression de perdre la notion du temps. Soudain, alors que je pensais être en pleine hallucination, je vis une patrouille de police autour d'un véhicule. L'organe qui me servait de cœur arrêta tout battement. Il se stoppa, se paralysa à la vue de l'automobile que je reconnus instantanément. Les fils de mon esprit s'assemblèrent et je compris.

    Voilà l'impression désagréable que j'avais depuis tout à l'heure. Le voici, ce sentiment de méconnaissance qui envahissait mon corps à tel point que j'en avais l'incapacité de bouger normalement. Lorsque l'on voit que la voiture, que l'on connaît depuis toujours, est enfoncée dans le creux d'un tronc d'arbre, on se doute bien qu'elle n'a pas pu prendre ses jambes pour commettre l'acte.

    Je n'eus pas le temps de demander au chauffeur de s'arrêter, qu'il le fit. Je descendis et courus jusqu'au rassemblement en sentant mon coeur mourir. Le ressentais-je ? Je n'en savais plus rien. C'était donc ça l'expression, décéder de l'intérieur ? Je la comprenais parfaitement à présent, comme jamais. Maman était-elle venue m'apercevoir une dernière fois dans l'autocar ? Pour me dire au revoir ?

Les *boum boum* que j'entendais autrefois venaient de s'éteindre, signifiant que mon âme mourrait dans d'atroces souffrances. Marcher devenait de plus en plus compliqué. Respirer était une tâche trop difficile. Vivre, une perte de temps. Pourquoi nous avoir fait ça ? Qu'avais-je fait de si tragique ? Je ne comprenais plus rien, je ne voulais plus rien savoir, je voulais... Pouvoir exister de nouveau.

Un vide envahit mon esprit. Un vide si intense que la sensation de douceur perçue auparavant s'était évaporée comme par magie. Le sourire sur mon visage devenait faux. Tout n'était qu'hypocrisie et mensonge. Le monde n'avait plus aucune valeur, aucun intérêt pour prétendre que l'on s'y sentait bien. L'existence se transforma en noirceur et en peur, changeant tout le bonheur en pitié. Mes parents étaient morts. Il n'étaient plus là pour me faire vivre, pour m'aimer, pour m'aider à exister...

La goutte avait dû déborder du vase. L'objet précieux venait d'exploser par terre en se cassant la gueule sur un sol qui n'avait ni tendresse, ni prospérité. J'étais cet objet. Ce jouet que le juge du mépris s'amusait à articuler pour vivre un orgasme émotionnel en me voyant mal tomber de ma chute. L'explosion de mes larmes se faisait entendre, elles coulaient sans relâche. Mon coeur aussi parlait, il exprimait sa peine, son refus face au deuil et à la vérité. Lui aussi voulait les retrouver, il était le premier à le quémander, peu importe le prix. Je restais au sol, le regard vide de toute émotion. Les êtres m'ayant choyé depuis toujours venaient de partir à jamais. La vie n'avait donc pas de bienveillance dans son répertoire pour moi ?

Je sentis un vibrement au niveau de mon bassin. William m'appelait. Je décrochais avec difficulté. Parler était insoutenable.

– *John ! Où est-ce que tu es ?! Ils parlent sur internet de-*

– Ils sont partis, répondis-je d'une voix enrouée par les pleurs.

Un silence, puis un choc.

Pour la première fois, je me laissais éclater au grand juge du désespoir, l'implorant de me rendre mes parents coûte que coûte. Mon ami m'écouta sangloter comme je ne l'avais jamais fait. Il m'entendait exporter ma peine à travers cet univers si vaste et si tragique. Je vis alors mon cœur exploser en mille morceaux, tentant de ramasser chaque bout, mais découvrant que la colle pour les cœurs brisés n'avait jamais existé. Les blessures ouvertes du chagrin de la perte ne pouvaient-elles pas cicatriser ? Quelle ironie.

Je venais de tout perdre, sans scrupule et sans bienveillance.

Me voyant à terre, de petites perles salées dans le coin des yeux, un policier me demanda ce que je faisais ici. Je relevai la tête et il comprit, lui aussi. Il comprit par mon regard vide que j'étais le fils des parents Kid. Que je venais d'apprendre le décès de ma famille en un seul coup d'œil. Que plus jamais, ma vie ne pourrait vivre dans la prospérité.

Un hurlement de tristesse se fit entendre. J'étais mort.

Après quelques formalités au poste de police, je rentrais chez moi, désemparé, accompagné par deux agents du commissariat. Mes larmes n'avaient pas cessé de couler et cela pouvait se comprendre. Ouvrant ma porte avec difficulté, sans avoir cette autorisation et n'ayant plus besoin de l'avoir, je fermai la porte, m'écroulai à terre, dos à celle-ci et sortis une cigarette. Je l'allumai et respirai une bouffée de nicotine.

Quelle sensation agréable, elle au moins ne pouvait plus me quitter.

Sous l'abri du jugement d'autrui, je décidai de pleurer enfin à chaudes larmes. Crier ma tristesse, un bien fou ! Par la perte, mon paquet rempli auparavant d'une vingtaine de cigarettes fut terminé, ce soir-là. Je n'étais pas retourné à l'école le lendemain, ni les jours qui suivirent. Manque de courage d'affronter une réalité trop dure à supporter. Je ne voulais pas autoriser les regards du monde à me dévisager par mes pleurs sans qu'ils ne connaissent l'entièreté de l'histoire. William m'appelait chaque jour, je n'arrivais jamais à lui accorder la moindre réponse. Au bout du cinquième jour, après une énième nuit à sangloter comme un enfant, j'entendis toquer. Il était venu me consoler et était resté une semaine à mon chevet.

L'annonce du décès auprès de Bérénice ne s'était pas faite par moi, mais bien par un infirmier. Lorsque je l'avais appris et que j'avais tenté de revenir, elle ne voulait plus m'adresser la parole, et je la comprenais parfaitement. Comment pouvait-elle bien me voir si je ne disais pas une once de vérité ? J'étais pitoyable.

Mon meilleur ami m'accompagna à l'enterrement de mes parents. Je dus revoir une famille lointaine, une famille qui n'avait jamais été présente. En revanche, une personne manqua à l'appel. Je voulais la voir, ma sœur. Pourquoi n'était-elle pas là, ce jour-ci ? Une vérité que l'on décide de voiler par un déni intense. Voilà ce que j'ai compris.

Mon tour vint, je fus dans l'obligation de prononcer un discours. Par le soutien de mon camarade, je parvins à déclarer ce que je n'avais jamais réussi à avouer.

– La perte de mes parents est quelque chose que jamais je ne pourrai décrire... Maman me manque pour sa tendresse et papa pour sa sagesse... Je..., ai-je murmuré

Alors que je crus être prêt à replonger dans mes sanglots, j'aperçus le regard de William qui m'encouragea à continuer. Je soufflai et repris.
— Je ne sais pas si je serai prêt à vivre sans vous, ajoutai-je en observant leur portrait. Ce que je peux vous promettre, en revanche, c'est de prendre soin de 'Nice comme vous l'auriez fait.
Je partis sur ces dernières paroles et rejoignis mon ami, qui m'offrit une accolade.
Une fois le dernier au revoir terminé, William me raccompagna jusqu'à chez moi et me fit une dernière étreinte. Lorsque je pénétrai dans ma chambre, je ressentis un vide intense comme le jour fatidique puis, une présence vint me déranger. C'était elle. Maman venait me voir.
— Tu es là, maman ? questionnai-je.
— *Je le serai toujours, mon chéri*, m'avait-elle répondu avant que je ne ressente pour la dernière fois sa main sur mon épaule, qu'elle caressa tendrement.
C'est ainsi que j'ouvris la fenêtre pour respirer l'air frais du soir. De nouvelles larmes dégoulinèrent, elles n'étaient pas que faites de tristesse, mais aussi de bonheur. Ma mère était là et elle le serait toujours. À moi de vivre sans voir le temps défiler et de m'envoler tel un oiseau lors de son premier décollage. Le décollage, en réalité, de ce poids et la liberté d'exposer mes rêves. Mes envies et mon savoir.
Je pris alors *Paper Heart* et me mis à le relire pour la cinquième fois. Oui, la littérature m'aiderait à prendre mon premier envol vers des mondes inconnus.
Pensant être seul, une lueur apparut et je fermai légèrement les yeux. Une petite fille avec une paire d'ailes posa un doigt sur mes lèvres pour m'empêcher de parler.
— Ne crains rien, John. Je suis Eulalie, la passeuse de rêve.

Chapitre 9

Lorsque le vide s'empare d'une âme, il ne la quitte pas. Il reste et se sent chez soi. Meurtri par la nouvelle précédemment annoncée, John marchait lentement vers son lieu de travail. Son esprit ne cessait de fonctionner pour penser à de mauvaises choses. Cherchant une étincelle de bonheur, il observait à la fois ses pas et le ciel, comme s'il espérait que sa mère entende ses prières.

Plus jamais, depuis leur mort, il ne l'avait ressentie. Une mère qui était prête à tout sacrifier pour son fils restait à ses côtés malgré les drames, les dangers et la peine. Cet au-revoir revint dans sa mémoire, provoquant à l'intérieur de son cœur une hémorragie émotionnelle qu'il n'avait plus éprouvée depuis longtemps. Pourquoi y repensait-il ? À vrai dire, si l'honnêteté effectuait sa tâche, les mots du médecin perturbaient ses pensées et ses idées.

Il faut vous préparer, monsieur.

Ce dernier ne voulait pas avouer que cela le terrifiait de revivre un tel épisode. Il en avait assez de la faucheuse, qu'elle aille au diable et y reste ! C'était insupportable de sentir sa présence chaque instant, aussi infime soit-elle. Il savait que la maladie de Bérénice annonçait, depuis toujours, le pire pour l'avenir. Il le savait, mais refusa, durant de longues années, d'affronter cette vérité. Une vérité qui le plongeait chaque fois dans un état monstrueux et atroce. Un état que seul son cœur était capable de comprendre et de soulager. John avait cru que son existence ne voulait pas de lui, qu'elle aurait préféré disparaître, se laisser porter par les vagues de la mer du lendemain et ne plus jamais poser le pied sur la terre ferme, sur ce sable morose.

    Lorsque ses parents avaient jugé bon de partir, l'idée de se baigner au sein de cette mer s'était incrustée dans son esprit. Elle ne l'avait pas quitté pendant trois ans. Pourtant, la force qu'il scrutait dans les yeux de sa petite sœur avait su le réveiller de ce cauchemar, de cet enfer qu'il s'infligeait sans y comprendre la signification. Peut-être que la culpabilité renforçait la souffrance pour que l'on se responsabilise ? Il s'était levé un matin, s'était regardé dans son miroir et avait dit d'une voix déterminée, appelant sa mère pour la dernière fois :

    "Je ne mourrai pas. Je resterai en vie."

    Le courage s'était emparé de lui et John l'avait accepté sans crainte. Le juge du temps remplit sa mission et le jeune homme put accepter la mort de ses parents. Il se sentit étrange lorsque le changement opéra, mais s'y habitua et pria le dieu de la clémence pour qu'il puisse faire perdurer cet instant d'infini. Cet instant ressemblant aux nuages que l'on peine à attraper, sous prétexte qu'on pense ne pas mériter leur tendresse. Cependant, ce sentiment d'extinction, qui revint, fit mal à son cœur. Atrocement mal, voulait-il dire !

    Cette vieille émotion, qu'il avait pensé bannir de sa vie, revenait comme par enchantement. Le départ de sa sœur approchait, le déni avait remporté la bataille et le professeur, croyant pouvoir battre cet imposteur, finit par avouer sa défaite. Le mensonge commençait, peu à peu, à ruiner et embêter son cœur. Il fallait se battre, seulement... Pourquoi lutter quand l'échec s'annonce redoutable ?

Marchant, peiné par la future épreuve qui l'attendait, ses pas le guidèrent jusqu'à son lieu de travail. John soupira et entra dans l'établissement pour rejoindre l'accueil. Il fallait affirmer sa présence. En cinq années consécutives, le jeune professeur, n'ayant jamais pris la peine de faire une pause de bon matin, s'autorisa à souffler. Il savait que Clara lui remonterait le moral.

Cette dernière se trouvait assise, en train de corriger des copies. Le bruit du dernier arrivant la fit sursauter et sourire.

– Je ne savais pas que John Kid prenait une pause en début de journée.

Il rit légèrement, mais l'enseignante vit que quelque chose clochait et savait que son collègue ne dévoilerait rien. Une tombe, l'appelait-on. Elle se leva et s'approcha de la machine à café. D'un coup d'oeil, la jeune femme lui demanda s'il en souhaitait un.

– C'est gentil Clara, mais je pense que de l'eau me suffira amplement.

L'enseignante obéit et déposa la tasse remplie sur la table, invitant d'un geste de la main son congénère à prendre place. Il s'assit, soupira et plongea son visage dans le creux de ses mains. Comment allait-il supporter le reste de cette journée qui s'annonçait difficile ? Tout ce dont il avait besoin était de voir sa sœur, de voir la personne qui l'avait sauvé d'une manière qu'il n'aurait pu imaginer. L'idée de perdre cet être cher devenait de plus en plus insupportable. *Combien de temps lui reste-t-il ?* avait-il eu l'envie de demander au médecin. Regrettant amèrement cette lâcheté qui envahissait son esprit, il voulut laisser des larmes naître au grand jour.

Cependant, une main, lui touchant le bras, fit descendre ce sentiment.

John laissa son visage être scruté par sa congénère, qui le regardait avec bienveillance.

– Je ne peux comprendre ce que tu ressens, John. Le seul pouvoir que je possède est de te soutenir.

Ces quelques mots, sans le savoir, lui firent un bien immense.

– Tu es en droit de partir, William comprendra que tu ne puisses pas tenir, lui dit-elle en souriant.

Il acquiesça et laissa sa collègue s'en aller. Elle comprit, par la mine que tirait son ami, qu'il avait besoin d'être seul.

Monsieur Kid souhaitait partir et rejoindre Bérénice au plus vite. Il ne supportait plus l'idée d'être loin d'elle en sachant que le temps se révélait précieux. L'instant, ce moment que nous comprenons essentiel lorsque le temps ne nous a pas aidé à saisir son but. Celui de profiter du bonheur, quoi qu'il nous en coûte. Durant ses six années de carrière, John n'avait jamais pris une seule journée de repos. C'était primordial, sa sœur comptait plus que tout.

Il finit son verre d'eau et se dirigea vers le bureau de son ami, un homme à l'apparence charmante et au comportement digne d'un *gentleman*. Ce dernier n'avait aucunement eu l'audace de le lâcher. Monsieur Kid espérait qu'il ne le ferait pas, cette fois-ci.

S'approchant de plus en plus de sa porte, il s'arrêta à quelques mètres non loin du bureau de son ami pour observer cette muraille - pas si gigantesque. William était une personne de confiance, pourquoi doutait-il au point que son coeur se paralysait seul ? Le visage de sa cadette revint. Prenant son courage à deux mains, il toqua.

– Entrez !

John baissa la poignée et pénétra dans la pièce. Son regard croisa le sien et un sourire inonda son visage métamorphosé par le chagrin.

– Je n'attendais pas ta visite, cher ami, prends place !

John s'installa et soupira. Il n'avait pas envie de lui demander une journée de repos. Cela ne faisait pas partie de ses valeurs. Sachant qu'il ne tiendrait pas plus longtemps sans avoir vu sa soeur, c'était primordial.

– Je viens t'informer de mon absence pour la journée.

William émit une mine surprise face à l'annonce de John. Jamais ce dernier n'avait pris un seul congé depuis son début. Devinant qu'il existait, derrière cette absence, une raison particulière, le proviseur se retira d'émettre une hypothèse à voix haute et accepta la demande de son ami. Pourtant, sans qu'il ne dise quelque chose, le professeur de lettres avoua le motif principal.

– 'Nice ne va pas bien du tout, je veux être à ses côtés aujourd'hui. Je reviendrai demain, je te le promets.

Connaissant la maladie de sa cadette, il ne put s'empêcher d'autoriser John à ne pas venir le lendemain. Ce dernier tenta de s'y opposer, mais William le rassura en lui affirmant qu'un de ses collègues le remplacerait. Ce fut un soulagement. Se relevant pour rejoindre l'extérieur, son ami le retint et lui offrit une étreinte.

– Tu es fort, John, lui dit William, tentant de l'encourager et de le soutenir comme il pouvait.

Face à cette remarque, Monsieur Kid ne sut quoi dire et répondit par un sourire. Était-ce étrange de recevoir un compliment ? Qu'en savait-il ? Rien. Malgré cet air de vérité qui planait toujours au-dessus de sa tête, ce sourire semblait faux. Le mensonge avait sûrement dû jouer une fois de plus son rôle. Son ami ne posa pas plus de questions et le laissa partir.

Devant l'entrée de ce bâtiment qu'il détestait observer, John appréhendait. Sans comprendre, il scrutait cette porte pouvant lui annoncer les plus affreuses comme les plus belles nouvelles. Essayant de se faire violence, il ne put minimiser son envie de fumer pour se redonner courage. Sortant une cigarette de son paquet, il l'alluma avec précaution, protégeant le bâtonnet rempli de nicotine du vent à l'aide de ses mains. Que cela lui fit du bien ! Respirer ce poison pourtant exquis lorsque notre corps le quémande.

Jamais le jeune homme ne pourrait remplacer ce plaisir l'animant, électrisant sa chair et appelant ses lèvres pour combler leur demande.

Avec étonnement, au bout de quelques minutes à redonner vie à son addiction, il se rendit compte de la vitesse à laquelle ses poumons avaient demandé leur essence. Écrasant son mégot à terre, John se dirigea par la suite vers l'hôpital, un peu plus serein grâce à cette cigarette. C'était mal, il le savait, mais l'interdit lui révélait que sans sa présence, son existence serait fade. Il n'avait pas tort, après tout. Sans impossible et sans interdit, que le monde serait ennuyeux !

S'approchant davantage de l'endroit fatidique, il inspira profondément et ferma les yeux.

Tout va bien se passer, se disait-il.

Rouvrant ses paupières, il pénétra dans l'antre de la chambre et vit la mine illuminée de sa cadette depuis son arrivée.

– Tu es là !

La prenant dans ses bras telle une enfant, John sourit. Que cela faisait du bien de ressentir ce petit corps fébrile contre le sien ! Respirer son odeur douce, plongeant le professeur dans une multitude de souvenirs au bord de la mer.

Agréable, fin, paisible, voilà les mots qui lui venaient à l'esprit.

Il se retira de son étreinte pour prendre en coupe son visage qu'il caressa tendrement. Bérénice, malgré ses joues creusées par les médicaments et ses cernes ressemblant à celles d'un fantôme, souriait et tentait de rayonner pour John. Pour ce frère qui avait tant fait de sacrifices. Elle voulait lui prouver que la mort ne les séparerait pas.

Les larmes eurent soudain raison de son psychisme. Elles coulaient et n'eurent pas la motivation de s'arrêter. Pas que sur un visage, mais sur deux paires de joues. John savait pertinemment que ces lèvres étirées n'étaient qu'un rôle que se donnait la jeune femme, un rôle si malsain et si courageux, qu'en un simple regard, la vérité explosait. Cette vérité ressemblait aux montagnes d'un paysage abandonné par le temps, au vent emportant alors la sincérité et la joie pour les remplacer par de vulgaires émotions en papier, ne tenant pas face aux tempêtes.

Les deux congénères s'écroulèrent à terre, John recouvrant sa cadette de ses bras et Bérénice pleurant à chaudes larmes.

– Je suis tellement désolée pour l'autre fois, John, dit-elle, la gorge enrouée par la tristesse.

Il releva, à l'aide de son doigt, le visage de sa cadette et essuya les perles salées dégoulinant sur ses joues tout en souriant.

– J'aimerais que tu acceptes une chose, 'Nice.

Elle acquiesça et déglutit.

– Recommençons notre rituel, tu t'en souviens ?

Bérénice eut soudain l'impression de renaître depuis huit ans. Ce rituel qui les avait si souvent rapprochés, assemblés et rassurés par la présence de l'autre. Cette étreinte réveillant les battements d'ailes de leur papillon intérieur, cette liberté tant précieuse qui s'évaporait de leur corps lorsque le contact ne faisait plus qu'un. Leurs mains se touchaient, faisant apparaître les enfants qu'ils avaient toujours été. Ces petits êtres si fragiles et abandonnés, n'ayant que pour réconfort, la parole douce de leur conscience.

Chaque nuit, John accompagnait la jeune femme jusqu'à son lit et ne la lâchait pas avant d'entendre et de ressentir sa respiration lente. Ce sourire léger qui se formait sur son visage obligeait le plus grand à comprendre que Morphée tentait de prendre soin de sa sœur.

Ils se relevèrent, se dirigèrent vers le lit de la patiente pour s'allonger, leur corps ne pouvant être éloignés l'un de l'autre. John caressait tendrement son visage, admirant sa physionomie avec précision et douceur. Bérénice, son bien le plus précieux, sous ses allures faussement euphoriques, souriait véritablement. L'aîné sentait son cœur battre affectueusement, le calme et la prospérité régnaient. Si seulement cet instant de bonheur pouvait perdurer, ce moment deviendrait-il éternel, au-delà des nuages ? La peine pensait remporter le combat. Pourquoi la joie ne pouvait-elle pas obtenir les armes, afin de mettre un terme à cette tragédie épuisant depuis fort longtemps Monsieur Kid ? Était-ce une loi, provenant des cieux, qui indiquait l'interdiction d'une paix après les malheurs tombés ?

La mort approchait, il ne pouvait nier ce fait, ce futur prochain qui allait sûrement détruire chacune de ses parts. Pourtant, l'espoir et le rêve résidaient à l'intérieur de son esprit. Jamais au grand jamais, ils n'avaient décidé d'abandonner la partie. Sentant le sommeil gagner son corps petit à petit, John laissa les portes de sa vision se fermer afin de ne jamais oublier le sentiment bienveillant qui l'envahissait. Le bonheur de sa sœur.

Chapitre 10

Monsieur Kid n'était pas présent. Absent, voilà ce qu'on avait noté sur le tableau de la vie scolaire. Que lui était-il arrivé ?

Maël tournait en rond. Depuis qu'il avait aperçu cette inscription, malgré sa haine, le garçon se posait une multitude de questions. Il ne comprenait pas son inquiétude. Son professeur avait ses raisons, rien ne le concernait. Il ne devait pas être inquiet. La vie de cet enseignant, il s'en fichait. Alors, que lui valaient ces pensées faites de non-sens face aux valeurs ? Rien.

– Maël ? L'appela un garçon, que le principal concerné connaissait bien.

Ce dernier se tourna vers le jeune homme et le questionna.

– T'as l'air ailleurs aujourd'hui, il se passe quelque chose ?

Le jeune étudiant soupira et n'osait pas avouer qu'il était inquiet, qu'il se posait des questions envers ce professeur qu'il avait toujours détesté. Ou du moins qu'il pensait détester. Il n'osait pas dévoiler que cette folie s'imprégnant de son aîné le faisait rire et rêver. Il ne voulait pas avouer que ces cours de littérature devenaient ainsi sa seule et unique raison d'exister et de ressentir. Oser dire la vérité se révélait être faible.

Maël n'était pas faible. Il était simplement au fond, ce petit garçon ayant toujours été intéressé par le phénomène *sentiment* et que cet homme l'avait empêché de vivre. D'exister.

Le ressenti n'avait jamais été une chose accueillie à bras ouverts dans sa famille. Il avait simplement eu envie de dépasser l'interdit, de conquérir le sommet de cette montagne qu'il apercevait au loin depuis tout petit et qu'il n'avait pas pu voir en entier. Ce souhait s'était transformé en peur et cette peur avait gagné la bataille avant même qu'elle n'ait commencé. Monsieur Kid était arrivé et avait su conquérir l'imagination du jeune homme, à la faire apparaître pour que le syndicat du rêve prenne en charge les malheurs.

Mais cela, Maël ne pourrait pas l'avouer à voix haute.

Ce serait une trahison et il savait que de là-haut, les cieux entendaient ses mots. Ses paroles qui signifiaient tant, mais qui ne risquaient pas la punition du futur. Il en était hors de question.

– Kid est pas là aujourd'hui.

Sans continuer de parler, son congénère acquiesça et ne dit plus rien. Il pensait connaître les pensées enfouies de son ami d'enfance, mais ne se positionna pas davantage sur le sujet.

Maël était un garçon que l'on ne devait pas brusquer. Il faisait partie de cette population à l'apparence insensible et au cœur époustouflant. Ce cœur qui pouvait donner vie aux pétales de fleurs trop asséchés par la chaleur et le manque d'eau. Il était le trésor d'un univers méconnu. Le garçon, à ses côtés, n'en avait jamais douté.

— C'est pour ça que t'as accepté de me voir ? Dit l'autre, en ramenant sa canette de jus de fruits jusqu'à ses lèvres pour en boire le contenu.

Maël leva les yeux au ciel.

— Ayden, je suis venu parce que j'avais envie de te voir.

Il approcha sa main de son épaule pour la caresser, afin de le réconforter comme il le pouvait. Cela non plus, il ne connaissait pas.

— Tu disais que t'en avais rien à faire de lui, mais tu t'inquiètes.

Le sujet était donc remis sur la table.

Son meilleur ami le connaissait plus que Maël ne pouvait l'imaginer. Ayden était le genre de personnes à savoir, en un seul regard, le fond d'une âme. Il pouvait comprendre son fonctionnement et dévouer son existence afin d'empêcher le pire. Ceci l'avait bien fichu dans de sales pétrins et Maël avait été là pour l'aider à gagner le combat. L'entraide était primordiale. Pas de soutien, pas d'amitié. Voilà leur philosophie.

Tous deux étaient liés d'une façon que même eux ne comprenaient pas. Ils se parlaient et ne se disputaient pas. La violence, entre eux, ne résolvait rien. Elle était efficace à l'extérieur, mais n'eut jamais besoin d'intervenir pour améliorer la puissance du lien ou le détruire. La communication restait leur meilleur atout.

Ayden avait sauvé l'étudiant d'une certaine forme. Maël l'avait soutenu comme il l'avait toujours pu. La beauté de leur amitié ne se voyait pas par son apparence, mais par les gestes et les actions. Le tactile n'était pas une preuve d'affection ou d'amour, elle masquait la vérité et empêchait la confiance de jouer son propre rôle. Ils se complétaient et s'assemblaient, tels le yin et le yang. Sans l'un, l'autre se perd et ne garde plus la juste valeur du bonheur. Un duo visant l'excellence dans tous les domaines et se rapprochant grâce à de nombreux points communs.

Ayden se retourna vers son congénère et tenta, par un simple regard, de lui faire avouer ce que son esprit préparait. Il gagna le combat.

– Je l'ai vu à l'hôpital, l'autre jour.

L'avance s'avérait périlleuse, mais son ami ne lâcherait pas. Maël en était plus que conscient.

– Tu comptes faire quoi, dans ce cas ?

À vrai dire, il n'en savait strictement rien. Ayden s'opposerait à la potentielle idée d'utiliser son père pour obtenir des informations à son sujet.

– Je te connais par cœur et je suis sûr que ce que tu prépares va au-delà de tes principes. Ton professeur a une vie, respecte-la comme il a promis de respecter votre arrangement.

Face à cette révélation qui ne l'étonnait pas, Maël ne put se retenir de sourire.

– Alors dans ce cas, je vais les briser ces putains de principes, répondit-il en dévoilant ses dents.

– Je t'accompagne et c'est pas négociable.

Le jeune homme ne se retint pas de rigoler devant l'autorité de son aîné.

– Tu gagnes en prestance, se moqua le cadet.

Levant ses yeux vers le ciel, Ayden ne manqua pas de frapper le dos de son ami.

– Et toi en insolence.

Ils rigolèrent à l'unisson. Soudain, le téléphone du plus jeune se mit à vibrer.

– Allô ? s'écria Maël.

– *Bonjour, fils.*

Au son de cette voix que l'étudiant ne supportait pas, il ne put s'empêcher de soupirer.
– Qu'est-ce que tu veux, papa ?
– *Un déjeuner. Je crois que nous avons besoin d'une discussion.*
Regardant du coin de l'œil Ayden, il sourit. Son idée allait donc pouvoir être mise en place.
– Arthur m'a demandé de récupérer un de ses livres. Je viendrai seulement pour ça avec Ayden. Ton déjeuner, tu peux l'oublier.
Entendant le souffle bruyant de son père, Maël afficha une mine mesquine.
Un déjeuner en sa compagnie ? Non, il n'en avait clairement pas l'envie. Cette gifle qu'il lui avait donnée quelques jours auparavant restait intacte dans sa mémoire. Son père voulait jouer au plus puissant, Maël, par les mots et l'éloignement, serait vainqueur. Le plus âgé connaissait le caractère de son fils et savait que ce dernier ne pouvait changer d'avis.
L'étudiant était tout bonnement insolent et la violence eut peut-être raison sur l'instant. Pourtant, Maël ne s'empêchait pas de penser que son père, s'il l'avait voulu, aurait pu arrêter le malheur de son fils en écoutant sa raison.
Il le savait, les mots viendraient.
Le plus jeune raccrocha et croisa le regard de son meilleur ami.
– Je sais pas ce que tu as en tête, mais oublie pas ce qu'il t'a fait.
Sur ces mots, les deux amis partirent en direction de l'hôpital. Ayden avait raison, Maël n'oublierait pas ce qu'il avait commis.

Arrivant devant le bâtiment, ils se dirigèrent vers son bureau. Maël frappa deux fois lorsque le principal concerné, une mine impassible comme à son habitude, vint leur ouvrir.

— Je viens d'avoir un patient. Le livre de ton frère est dans mon casier, l'informa-t-il en lui tendant une clef.

Le plus jeune la lui arracha des mains et s'enfuit. Pas de merci, ni un au revoir. Avec gêne, Ayden fit les remerciements à sa place.

Maël n'eût pas l'envie de voir son visage, ni même de lui adresser le moindre mot. C'était au-dessus de ses forces. Voir cet être qui, pour la dernière fois, lui avait donné une gifle sans excuses et sans compréhension était insupportable.

Le suivant de près, Ayden ressentait la peine et la colère qui se dégageaient de son cadet. Et cela lui faisait mal de voir son ami dans cet état. Lorsqu'il essaya de toucher son épaule, Maël se retourna et fit un geste de la main qui indiquait une interdiction.

— J'ai pas pu lui dire merci, c'était trop pour moi.

— Je le sais, répondit l'aîné tendrement, un sourire aux lèvres. Je m'en suis chargé.

Maël le remercia et soupira. Par la suite, il chercha du coin de l'œil, l'endroit où ses réponses étaient gardées. Cela ne le regardait pas, il en était plus que conscient. Mais la curiosité prit les devants du conflit entre sa raison et son souhait.

L'étudiant trouva la salle après quelques instants et s'y aventura. Il n'avait pas besoin de se cacher. Étant le fils d'un psychiatre réputé, il avait eu l'habitude d'y pénétrer afin d'y trouver certaines choses. Autrefois, c'était de la part de son père, cette fois-ci, il autorisa son envie à prendre le dessus, cherchant l'information de son plein gré

Fermant la porte, il se jeta sur les dossiers médicaux lorsqu'une main essaya d'empêcher son action.

— Arrête.

Le plus jeune nia et continua sa recherche.

– Maël, je t'ai demandé d'arrêter.
Son regard devint furieux.
– J'ai besoin de savoir. Pourquoi Kid était à l'hôpital ? Pourquoi est-ce qu'il était pas là ?
– En quoi ça te regarde ? Demande-toi plutôt pourquoi tu tiens tant à le savoir.
Il aurait aimé répondre à ce qu'Ayden connaissait déjà. Mais sa conscience, au loin, tentait malgré tout de lui faire comprendre l'enjeu de son action. Les secrets médicaux sont faits ainsi pour être gardés. Pourquoi Maël tenait tant à satisfaire cette curiosité le rongeant de l'intérieur ? Lui-même ne le comprenait pas. Il savait que ce professeur avait redonné goût à ses émotions. La véritable question était, pourquoi la vérité qu'il était proche de connaître devenait si importante à ses yeux ?
Sans réponse, il se stoppa.
– Monsieur Kid possède sa propre vie. T'imagines un peu ce que t'es en train de faire ? Fouiller dans les dossiers médicaux pour obtenir une réponse qui te concerne pas ? Son existence lui appartient et s'il avait besoin de se confier, ça te regarde pas. Alors, arrête de chercher et oublie ton père, continua-t-il en lui caressant le bras, je suis là. Cherche pas à lui prouver quelque chose. Je sais qu'en vérité, tu cherches simplement son attention.
Ayden venait sans doute de résumer sa curiosité. Monsieur Kid devenait, sans le savoir, un exemple. Les doutes et les peurs du plus jeune revenaient et cela le rongeait. Comprenant ce qu'il visait, ce qu'il tenait à connaître, il s'effondra à terre, laissant les larmes naître afin de ne plus se cacher.
L'attention de son père lui permettait de se sentir aimé d'une certaine manière. Il ne le niait pas. Cette violence autrefois provoquée était son besoin constant de se faire remarquer. Ainsi, farfouiller dans les secrets médicaux

psychiatriques était peut-être une façon de savoir le pourquoi du comment et de comprendre l'absence de son professeur de lettres. Il avait cherché depuis fort longtemps à obtenir l'amour de ses parents par de multiples bêtises, mais en vérité, la présence inexistante de ces derniers avait provoqué une sorte de rébellion chez Maël. Il fallait toujours frôler l'interdit, Ayden l'avait compris il y avait déjà quelque temps. Un manque d'amour et une répulsion pour le sentiment ne provoquaient rien de bon. Elles empêchaient l'esprit d'un enfant de se construire correctement, faisant en sorte qu'il ne pense pas que ses parents ne l'aiment pas. Ayant toujours eu l'envie de refouler cette vérité douloureuse, le garçon tentait à chaque fois de faire un pacte avec le mensonge. Ce dernier lui proposait de nombreux échappatoires. En revanche, Maël savait que ce n'était pas la solution.

L'absence de son professeur était devenue l'occasion idéale pour provoquer la colère de ses aînés. Cet homme ayant fait revivre le plus jeune était l'unique modèle qu'on lui avait donné.

Ayden avait vu juste. Monsieur Kid était sûrement une excuse pour dévaster les principes de sa famille, mais il était à cet instant le seul être ayant prouvé au juge de l'imagination que les rêves d'enfant de son cadet pouvaient être réalisés. Et cela, sans que le déni ne soit de mèche.

Chapitre 11

Il faisait froid, terriblement froid. Cela en devenait désagréable pour John. Couvert d'une petite écharpe beige, il avançait à travers les rues avec tranquillité, sans perdre une seconde devant lui. Son regard tentait d'observer ses alentours, mais la température lui brouillait la vue. On aurait dit que le vent consumait la peau du jeune homme tant, lorsqu'il scrutait ses mains, le froid rongeait sa chair. Il s'incrustait dans chaque recoin et se sentait bien là où il appelait l'endroit, son *chez-soi*.

Ayant passé une bonne partie de la nuit en compagnie de sa sœur, il était revenu au sein de son habitat afin d'y récupérer quelques affaires.

Elle s'était endormie sans peine, le sourire au visage. Cela lui avait fait tant de bien de voir la paix et le bonheur sur cette mine paraissant mélancolique et souffrante. Même si ceci n'était qu'un piètre masque auquel la plus jeune s'accrochait avec le peu de force qu'il lui restait, le bonheur avait été inscrit, pour une fois. John se focalisait sur cette image. Il le fallait pour que son esprit ne replonge pas dans la tristesse.

Se dirigeant avec cette vision qui le réjouissait, John couvrait ses phalanges du froid et se dépêcha d'arriver à destination. Il pénétra au sein du bâtiment et s'approcha de l'accueil pour signaler sa présence. Son regard croisa celui de son ami. Ce dernier s'avança et lui offrit une douce étreinte, qui ne laissa pas indifférent le professeur.

— Je pensais que tu prendrais une journée de plus face à la situation ! Avoua le proviseur.

— Il fallait que je revienne, mes élèves ont besoin de moi.

Remarquant son courage et sa détermination, William lui fit un clin d'œil et le salua.

Monsieur Kid se dirigea vers sa salle, ouvrit la porte et s'installa sur son bureau. Soudain, son regard aperçut ce livre qui l'avait tant de fois bouleversé.

Ne pouvant s'empêcher d'afficher un sourire, il l'attrapa et tenta de redécouvrir ce merveilleux passage, qui le faisait tant de fois rêver. Par ses doigts fins, il caressait chaque mot que l'auteur avait rédigé et ressentait le pouvoir de ces substantifs, sans qu'il ne comprenne pourquoi. La cloche fit sortir l'enseignant de ses songes. Il s'approcha de la porte, accueillit ses élèves et se rendit compte qu'un d'entre eux n'était pas au rendez-vous. Maël manquait à l'appel. John haussa les épaules et ne se posa pas plus de questions.

Attendant le calme, il s'assit sur la table et croisa les bras. Bring devrait arriver. Comme son instinct l'avait prévu, ses oreilles purent entendre de nombreuses respirations rapides. Sans surprise, son élève se tenait devant lui, essoufflé par une telle course contre le temps et un léger sourire ancré sur son visage.

Monsieur Kid demanda à son cadet de se rendre à sa place. Ce dernier obéit, ne pouvant masquer ce petit rictus face à la présence de son aîné.

Agréable, pensa le plus âgé.

Par son arrivée, le silence régna dans la classe et John put enfin intervenir.
— Je vois que le repos ou encore la tranquillité ne sont pas votre fort, dit-il en se marrant faiblement. Nous allons pouvoir reprendre.
Un étudiant leva la main.
— Allons-nous continuer le poème, monsieur ?
Dos à celui-ci, il nia.
— Ce livre n'est pas dans notre programme, mais je pense qu'il est important pour vous de l'étudier.
— De quel livre s'agit-il ? Rétorqua Maël.
Enfin, son élève intervenait.
— *Paper Heart*.
Monsieur Kid se retourna et vit que son annonce n'avait fait ni chaud ni froid. Il soupira et attrapa l'ouvrage pour le présenter aux plus jeunes.
— Vous ne connaissez donc pas ce livre ?
Ils nièrent tous en chœur.
— Monsieur De Freitas, un des plus grands auteurs du vingt-et-unième siècle ! Cet homme est un chef-d'œuvre à lui tout seul ! C'est un prodige de la littérature, nous emportant dans son monde et n'ayant pas peur d'effectuer l'impossible !
Il rechercha le passage qu'il préférait et le trouva. Un sourire s'afficha sur son visage.

"Tu t'es trompé lors de ce concert pour la simple et bonne raison que tu es égoïste et que tu ne joues que pour ton bon plaisir. La musique est un vecteur émotionnel, un transmetteur entre ce qu'il y a de plus profond en toi et ce qu'elle va faire résonner chez l'autre. Elle est le fruit de labeur, d'un travail acharné, elle est poésie, elle rythme le monde. La musique est comme un chant de guerre qui triomphe des nuits trop obscures et elle peut faire naître les sentiments les plus somptueux, autant qu'elle peut éveiller la

mélancolie. Il faut lui donner du corps, du relief, une texture. Tu ne vibres pas, tu ne ressens rien, tu joues tel un automate programmé à exécuter des notes à la perfection sans même en comprendre le sens. C'est aride, prétentieux et dénué d'intérêt."

  Lorsque John énonça les premiers mots, le regard de ses élèves fut directement accroché au sien. Tout n'était que poésie et passion quand sa voix s'emparait de cette plume si somptueuse, qu'il en avait souvent perdu le cours du temps. Ce plaisir si charnel envahissait son âme à la seconde où ses yeux lisaient l'ouvrage, ce récit qui l'avait sauvé tant de fois.
  Plus rien ne comptait dès que la lecture prenait place. Elle emportait les plus grands malheurs d'une existence pour donner corps au bonheur. Sans elle, John serait perdu à tout jamais. Il avait essayé de nombreuses fois de comprendre l'enjeu de la littérature. Étant jeune, il avait abandonné. Pourtant, la mort de ses parents avait éveillé une part sombre et instable de son âme, tel un enfant devenant adulte en un instant. Ce changement, dû à un événement si brutal, répondait à sa frénésie face à la lecture et son envie de conquête. Aux yeux de l'humanité, cet homme semblait étrange et dénué de sens. Cependant, lorsque l'on regardait de plus près, on se rendait compte que ce garçon n'était que l'ombre d'une passion gardée depuis le commencement. La beauté et l'amour des mots régnaient dans ses veines. Il vivait poésie et se nourrissait d'un fanatisme aberrant, un sentiment d'extase que seul lui comprenait.
  Jusqu'à ce jour, Monsieur Kid pensait être unique au sein de ce monde que l'on jugeait pathétique et différent. Malgré la vision émerveillée de ses élèves, la sienne ne s'empara que d'une seule, celle de Maël.
  Ce garçon, au regard impassible, semblait plus qu'admirateur de ce qu'il entendait. Et cela plaisait au plus

âgé. Avait-il compris, en fin de compte, ce but ? Cet objectif que le monde met entre nos mains pour l'améliorer, améliorer la justice, enlever les malheurs et protéger les blessures. Peut-être que les mots inscrits sur des pages ne signifient rien pour la plupart ? Il fallait déchiffrer les moindres détails pour s'emparer de la solution au problème donné. Les livres ne servaient pas qu'à offrir la chance de découvrir les secrets de l'univers, il les offrait de son plein gré.

John déposa l'ouvrage sur son bureau et survola de ses yeux la pièce.

– Dans cet extrait, ce professeur de musique écoute la prestation de son nouvel élève, peu après son concert, et lui décrit le pouvoir de la musique, ce qu'elle doit provoquer et faire provoquer en chacun d'entre vous.

Il s'arrêta quelques instants et reprit, les lèvres étirées vers l'extérieur.

– La littérature se doit d'agir de la même manière. Comprenez-vous donc pourquoi ai-je choisi ce passage ? Il me semblait nécessaire que vous preniez conscience de la représentation artistique. L'écriture, ou bien la lecture, remplissent les mêmes rôles que la musique. L'auteur cherche, avant tout, dans ce dialogue, à nous faire passer un message important. Lequel ?

Soudain, une main s'éleva. John avait tant espéré que ce soit la sienne, que son souhait prit possession de la réalité.

– Freitas cherche à nous faire comprendre le pouvoir de la musique, ce qu'elle évoque et ce qu'elle suggère. La musique, selon le narrateur, n'est pas quelque chose de simple. Elle est à la fois complexe et magique. Fantastique, je dirai même, bouleversante, répondit Maël d'une simple traite.

L'aîné acquiesça et sourit face à cette réponse convaincante. Son élève venait à présent de comprendre l'enjeu de la musique et ce qu'était la littérature, sans même y penser.

— Exactement. La musique, comme le dit l'auteur, est un vecteur émotionnel. L'écriture est un échange si fin et délicat, qu'elle n'attend pas une seule seconde pour conquérir le monde. Il ne faut pas être un génie pour savoir écrire, il est simplement nécessaire de posséder ce qu'il existe de plus précieux. C'est-à-dire, l'humanité. Le phénomène *sentiment*, dans sa grandeur la plus juste, devient alors le but de l'art. Celui de vous faire comprendre la part sombre qui se cache derrière le masque que vous tentez de garder mais qui, au bout du compte, se libère des chaînes du jugement. La tâche que je vous demande est la suivante. Rédigez-moi, à l'aide du passage précédent que je vais projeter au tableau, votre cœur. Décrivez-moi ce ressenti vous plongeant dans les plus beaux moments, tout comme les plus malheureux.

Chacun se mit alors au travail. Quelques minutes plus tard, il vit ses élèves s'abîmer les doigts par la vitesse à laquelle ils rédigeaient. Ceci le combla de bonheur.

John ordonna aux plus jeunes d'arrêter d'écrire et leur demanda de lever la main s'ils souhaitaient lire. Personne ne se proposa. Peut-être un exercice trop intime ? Il décida de choisir. Plusieurs étudiants passèrent, mais pour l'aîné, ce fut sans intérêt.

John soupira. Était-il exigeant ? Cela était fort possible. Devant la dernière prestation, il secoua la tête de gauche à droite.

— Arrêtez donc, Mailt ! L'écriture exige rigueur, investissement, rêverie ! Ce que j'entends ne possède en rien tout cela ! Retournez à votre place, exigea l'enseignant, cachant son regard à l'aide de ses phalanges.

Le garçon s'en alla jusqu'à sa place, sans dire le moindre mot, l'air déçu et contrarié.

— Je sais que vous pouvez vous améliorer, Mailt. Il faut que vous cherchiez l'émotion qui se cache dans votre cœur. Ne tentez pas de connaître votre ressenti, vivez-le ! Ne soyez pas dans le doute ! Ce que vous avez écrit relève, certes, d'une grande précision, mais ce n'est pas ce que je demande, continua le plus âgé, adoucissant ses mots.

Par ces quelques substantifs d'encouragement, l'étudiant sourit et acquiesça.

– Quelqu'un d'autre veut essayer ?

Son regard se dirigea vers son cadet. Ce dernier avait le regard plongé sur sa feuille. Monsieur Kid tenta de déchiffrer sa vision, mais il n'y arrivait pas.

– Peut-être que vous pourriez être le dernier candidat, Bring.

Le principal concerné sortit de ses songes et secoua la tête.

– J'en suis pas capable, mon-

Tout à coup, la sonnerie retentit.

– J'aimerais que vous terminiez ceci pour la semaine prochaine. Je ramasserai vos travaux et les noterai. Bonne journée ! Informa l'enseignant, un sourire aux lèvres.

Malgré la cloche retentissant dans les couloirs, le professeur avait très bien compris ce que le plus jeune disait. Après une politesse conforme, il se retourna pour noter le devoir à rendre. Une voix, qu'il redoutait, s'exclama.

– Je peux vous parler ?

Un rictus s'afficha sur son visage, que Maël ne put pas voir. Il changea de position afin de lui faire face. Soudain, son expression faciale changea lorsqu'il vit son élève, les larmes aux yeux, prêt à éclater en sanglots. En effet, ce travail avait fait des ravages. Il était difficile d'exprimer ce que l'on ressent et Monsieur Kid savait que pour ce dernier, il était compliqué d'extérioriser. Alors, pourquoi donc ne pas se réfugier dans cette insolence perpétuelle qui l'opprimait ? Avait-il donc compris que l'épreuve serait dure à supporter ? Allait-il abandonner ?

Voyant Maël dans un état médiocre et presqu'au bord de la tempête des pleurs de son cœur, John l'invita à s'asseoir pour respirer un bon coup. Celui-ci refusa instantanément, ne voulant pas accepter la peine et continuer de courir après le mensonge. Soit, c'était son choix. Il ne pouvait pas le forcer, de toute façon.
– Je vous écoute, Bring.
Il inspira profondément.
– Je voulais vous prévenir que je serai là, vendredi matin.
John fut surpris, ne s'y attendant pas. Il pensait davantage qu'il lui demanderait d'aller se faire voir avec son devoir et se réconforterait avec la loi du plus fort. Monsieur Kid en était plus que persuadé. Pourtant, à l'intérieur, il savait que Maël ferait le choix de lui parler, d'expérimenter la chose par peur qu'elle s'envole. Ce geste, bien qu'il n'était pas immense, semblait lui donner l'espoir que leur pacte était toujours d'actualité.
Cette promesse que John tenait à effectuer rongeait son esprit de détermination. Celle de viser l'excellence pour ce jeune homme, afin qu'il puisse se libérer des chaînes des principes ancestraux pathétiques de sa famille. Celle d'apprendre à son élève le sentiment *humain*. Celle de lui faire comprendre que le mensonge est une béquille, mais que la vérité finit toujours par nous soulager et nous faire grandir, d'une façon ou d'une autre. Même si nous la détestons, dès que notre regard se penche pour l'observer, nous la trouvons belle et pleine de sens.
Il ferma ses paupières et les rouvrit pour sourire au plus jeune qui, en y pensant, n'attendait que du réconfort.
– Je serai heureux de reprendre notre exercice, Bring.
Maël s'inclina légèrement, s'aventura vers la sortie puis s'arrêta quelques mètres, comme si son esprit lui dictait de franchir la muraille de ses pensées.

S'apprêtant à ranger ses affaires, John regarda son cadet d'un air perplexe. Celui-ci tourna son visage pour croiser le sien et afficha une mine bienveillante. Une expression que John ne connaissait pas auparavant de la part de son cadet. C'était étrange, mais si symbolique.
— Même si vous étiez pas là hier, je suis content d'avoir pu assister à votre cours.
Ne rebroussant pas son chemin, il s'en alla pour de bon, laissant son professeur touché par la douceur de son cadet.

Chapitre 12

La peur. Un sentiment prenant le dessus de notre être sans pouvoir changer le cours du temps. Lorsqu'elle a possession de tout moyen, le dérèglement d'une existence devient concret. S'observant depuis quelques secondes au sein de ce miroir dévoilant son reflet, Maël grimaçait, horrifié par ce qu'il voyait. Il n'aimait pas son corps, ce n'était un secret pour personne. Alors, quelle était la raison étrange de cette frayeur ? À vrai dire, lui-même ne percevait pas la réponse.

Ses doigts fins caressaient son épiderme avec méfiance. Qu'il se trouvait laid ! Sa conscience, tentant de barrer le passage à de funestes pensées, tint le coup face à la mine du jeune homme. Cette haine qui l'envahissait, dès que ses yeux apercevaient son reflet, était indescriptible. Son cerveau avait peut-être fini par céder aux paroles qu'on lui disait chaque fois que les regards se posaient sur son visage. Il les avait assimilés, tel un enfant en plein apprentissage, obéissant aux règles strictes d'une existence gâchée. Oui, sa vie l'était.

Son cœur, détruit depuis longtemps, avait pris le chemin du refus pour se protéger face au mépris du monde. Il le trouvait abject, ne l'avait jamais apprécié et refusait d'entendre le moindre mot pouvant le faire changer d'avis.

– Tu vas continuer à grimacer longtemps devant ton portrait ? Lui demanda une voix qu'il connaissait bien.

Maël se retourna, dévisagea le jeune homme et soupira.
— Déjà que tu me balances aux parents, tu me casses les pieds dès le matin ? Répondit l'étudiant, furieux d'être dérangé ainsi.
— Les grands frères sont pas faits pour casser les pieds, par hasard ? Répliqua-t-il, les bras croisés contre son torse, attendant une réponse de la part de Maël.

Essayant d'oublier la présence de son aîné, ce dernier approcha ses mains du lavabo, recouvrant son visage d'eau froide. Il sentit son frère s'approcher de lui pour le scruter à travers le miroir.
— Arrête de te donner un air insensible, tu sais très bien que c'est pas la solution.

Sur ces dernières paroles, il s'en alla, laissant le plus jeune, robinet ouvert, observer le liquide se déverser sans qu'il n'ait la force de le refermer. Car son frère avait raison, Maël le savait.

Cet air sérieux et impassible qu'il portait depuis longtemps le rongeait de l'intérieur, à ce qu'il s'en morde les doigts tant la souffrance accumulée envisageait tôt ou tard d'exploser. Il ressentait peu à peu le verdict du procès de ses émotions arriver et pour cela, il ne pouvait prévoir la date de son jugement devant le profond mensonge de son ressenti. Ce ressenti qu'il cachait depuis presque sept ans, permettant au syndicat du refus de s'installer convenablement.

Soudain, une sonnerie retentit non loin de lui, le faisant sortir de ses pensées. Il attrapa son cellulaire et vit que son meilleur ami venait de l'appeler. Maël pencha son regard vers le temps et, sans qu'il ne puisse contrôler ce geste, un sourire s'afficha sur son visage.

Peut-être qu'en réalité, une personne connaissait le jour de sa libération ? La sortie de l'emprisonnement de ses rêves était à venir. Il ne savait pas pourquoi ni comment, mais

Monsieur Kid restait le seul à pouvoir faire face au juge des songes et briser les chaînes insupportables de son malheur. Il était devenu le guide amenant Maël vers la clef de son destin. Une vie, cette fois-ci, faite de délivrance et d'impossible.

    Marchant à travers les ruelles londoniennes, Monsieur Kid avait opté pour une solution radicale afin de se lever plus tôt, celle de se laisser endormir par de la musique classique. La veille, cherchant dans cette boîte qui contenait une multitude de vinyles, John avait retrouvé un album composé par le célèbre Debussy. Se rappelant du donneur, sans qu'il ne puisse s'en empêcher, une larme avait coulé.
    Il avait alors déposé le disque sur la platine et mis le mécanisme en marche. John s'était abandonné aux notes, à la mélodie du grand compositeur français. Lorsque Morphée avait jugé bon de le garder, un sourire apparut sur son visage. Le professeur s'était réveillé à l'aube, fier malgré lui de cette nouvelle méthode. Celle qui le plongeait dans ses souvenirs les plus profonds et qui l'aidait à garder espoir face à la situation, à être heureux.
    Il s'était préparé en vitesse, sachant bien ce qui l'attendait plus tard. À cet instant, John regardait la capitale reprendre forme. Les véhicules gagnaient les routes principales et les passants se dépêchaient sans prendre le temps d'admirer le lever de l'astre solaire. Un véritable spectacle urbain.
    Remarquant que le temps ne le pressait pas comme le monde, le professeur s'assit sur un banc miteux et prit la peine d'observer le soleil s'élever vers l'atmosphère. Les lueurs percutaient ses iris, engageant la fermeture de ses paupières. Cette chaleur, il en avait tant besoin en ces temps difficiles.

La lumière était devenue, depuis la perte de ses parents, sa source de prospérité. Il gardait chaque rayon dans le creux de sa main, tel un souvenir trop ancien qui nous plonge dans un état d'euphorie intense. Un trésor qui émerveillait ses journées jusqu'à en perdre la vue. Il avait besoin de le voir, de l'observer pour que ses mauvaises pensées soient réduites à néant. L'astre représentait l'amour d'une âme réveillant son protégé, elle l'accompagnait lors de ses quêtes et veillait à ce qu'il réussisse. Elle parvenait à faire comprendre au monde le bonheur d'une vie gâchée et tentait au cœur de survivre. La vision de John était certes bâclée par le malheur, et pourtant, il ne pouvait s'interdire d'espérer que le soleil arrive à déchiffrer sa souffrance. Peut-être qu'en entendant ses prières, le soleil ne négligeait pas sa souffrance ?

 Restant là sans prendre conscience du temps, John laissait son visage respirer les bienfaits de cet amour que lui apportait Hélios, en oubliant sa conscience lui criant la mort proche de sa cadette. Il ne voulait plus l'entendre ou bien découvrir ses propos.

Oublier, oublier et encore oublier.

 Tout irait bien et rien ne pourrait altérer le cours des choses, le ciel était avec lui. Une pensée lui vint, il ressemblait peu à peu au jeune homme qu'il avait été autrefois, le déni l'avait accablé et l'innocence lui avait permis d'effectuer son deuil. Cette fois, ce mensonge devenait bien plus violent que tous les autres. Perdre sa sœur ? Impossible. Elle survivait depuis tout ce temps. Pourquoi pas maintenant ?

 Il savait pertinemment que la faucheuse attendait au loin avant de prendre sa revanche. Imaginant le corps de la plus jeune sans vie, il ne put s'empêcher de déverser une petite larme. Il était préparé au pire, profiter se disait crucial. À l'aide de son index, il sécha la perle salée dégoulinant le long de sa joue, laissant alors une marque imprécise sur son visage.

Jetant un coup d'œil à sa montre, il renifla et s'en alla. Ce vendredi matin était la retrouvaille avec son élève. Un sourire apparut, malgré ses pensées malheureuses. Peut-être que lui aussi allait enfin pouvoir se lâcher, libérer le tourment de ses émotions ? Il s'était promis d'aider son cadet à devenir brillant et dépasser les échelons. Cependant, John savait qu'à cet instant, cet exercice et la présence de Maël lui permettraient d'enlever les chaînes gardant son ressenti emprisonné face à l'ampleur de sa peine.

D'une marche rapide, il arriva devant son lieu de travail et y pénétra. Se dirigeant vers la vie scolaire, l'enseignant signala sa présence et partit en direction de sa salle de classe. Il approcha délicatement la clef de la serrure et ne remarqua pas qu'une petite tête aux cheveux bruns le scrutait de haut en bas. Sa nature observatrice ne le trahissait jamais et son regard parcourut ses alentours, lorsqu'il vit enfin la présence de son cadet. Un élan de surprise, puis un sourire. Mains dans les poches, les yeux brillants de douleur et les lèvres étirées vers l'extérieur, John comprenait que Maël avait sangloté il y a peu.

Arrêtant toute action, le plus âgé se dirigea vers l'étudiant, qui le regardait avec supplice. Néanmoins, une lueur de bonheur régnait dans le creux de ses yeux. Il sourit et décida de briser le silence.

– Allons-y, Bring, nous avons beaucoup à faire.

Par ces quelques mots, Maël crut penser que son professeur avait deviné son envie, celle de s'exprimer. Durant cette réflexion, Monsieur Kid en avait profité pour ouvrir la porte. Il replongea son regard dans celui du plus jeune. Ce dernier acquiesça et s'en alla au sein de la salle de classe, déposant son sac à dos près d'une table.

John s'assit sur son bureau et laissa le calme reprendre possession de l'atmosphère. Maël fut le briseur de ce silence si paisible.

– Qu'est-ce que vous voulez faire, monsieur ?

Monsieur Kid afficha un rictus et demanda au plus jeune de venir, face à lui. Il s'exécuta et, sans plus attendre, l'aîné prit entre ses phalanges un livre pour le tendre à son élève qui venait juste d'arriver. Celui-ci le regarda perplexe.

– Je croyais qu'on devait reprendre l'exercice ?

– Vous n'avez pas encore entendu ma consigne, cher Bring, répondit-il, en souriant. J'aimerais que vous choisissiez un passage, un extrait qui vous marque en une simple lecture. Dès que cela sera fait, prévenez-moi, je vous expliquerai la suite.

Le plus jeune fronça les sourcils. Il aurait voulu refuser la demande de son professeur, mais il ne s'y opposa pas. Maël attrapa l'ouvrage et lit de nouveau le titre. *La mécanique du Cœur*. Qu'avait donc Monsieur Kid avec ce livre ?

Il leva les yeux au ciel, avant de quitter son enseignant de littérature qui admirait son étudiant d'un air provocateur, pour s'installer sur une chaise non loin de lui.

Tournant de plus en plus les pages, le désespoir se faisait ressentir après une vingtaine de minutes auprès du jeune lycéen. Voyant Maël se mettre à la lecture, John partit de la pièce pour se rendre aux toilettes et prévint son cadet.

L'étudiant continuait, malgré son impatience, à trouver le passage qui pouvait le marquer comme le lui demandait son supérieur. Il passait les pages les unes après les autres, roulant davantage les yeux dès qu'il s'apercevait que les mots ne lui procuraient aucune émotion. Maël avait envie de torturer l'œuvre, de la faire souffrir pour l'énervement qu'elle lui suscitait. Tout à coup, après de nombreuses minutes à errer sur le chemin des sentiments, son regard croisa les mots d'un passage à la page cent-vingt-neuf.

Le plus jeune ne pouvait relever les yeux du récit, il était hypnotisé par la plume de cet écrivain qui lui avait paru si fade au début, mais qui à présent, possédait un don précieux au regard du monde. Passant ses doigts sur les mots, la tempête de ses sentiments se faisait entendre parmi les dieux. Jamais un livre ne lui avait procuré tant de sensations.

Ce trou visible par le magistrat du vide venait, en une fraction de seconde, de disparaître sous les yeux émus de son cœur. Cette blessure, empêchant la réparation de son mécanisme, avait donné en échange au mensonge un collier gardant les émotions emprisonnées de son cœur. La chaîne d'or détenant les clefs de son espoir venait de se fissurer.

– Tout va bien, Bring ? s'écria le plus âgé, voyant son étudiant plongé au sein du roman.

Cette bulle se brisa lorsque la voix du professeur avait retenti.

Maël releva ses yeux brillants face à sa récente libération et acquiesça. L'imposture reprenait place et le jeune homme n'y pouvait rien. Il ferma lentement ses paupières, baissa la tête et entendit des pas s'approcher de son âme désormais meurtrie par la disparition de l'arc-en-ciel apparu durant la tempête de son cœur. Des doigts relevèrent son visage. Frémissant à ce nouveau contact et maintenant toujours fermement l'ouvrage entre ses phalanges, il suivit le mouvement et ancra son regard dans celui de son enseignant, qui semblait l'admirer avec douceur.

– Affrontez vos peurs, mon garçon. Elles ne sont pas ici pour vous empêcher de réaliser vos envies, mais simplement pour vous prouver que sans elles, l'impossible ne pourrait exister. Si vous comprenez l'enjeu de chaque effroi, la vie devient alors un jeu dans lequel on prend plaisir à s'amuser, puisque tout devient simple. Il suffit d'une étincelle pour enflammer le bois de notre tourment.

John enleva ses doigts et recula. Maël n'en revenait pas, Monsieur Kid venait de décrire ce qui le paralysait au plus haut point. L'inconnu, l'impossible… Il le confrontait chaque jour depuis leur rencontre. Étant plus jeune, il avait tenté de décortiquer ses peurs enfouies, mais n'y était pas parvenu. C'était alors, que ce professeur était intervenu au sein de son existence qu'il considérait misérable pour empêcher le mensonge de retrouver son rôle dans le creux de son esprit et d'y mettre fin.

Et cela, Maël ne pourrait jamais l'oublier. Il avait opté pour la négligence, mais avait été rattrapé par la vérité. Pour la première fois, en observant le regard de son enseignant, attendant un quelconque signal, il crut voir enfin la lumière de ce cauchemar face au jugement se terminer. Et qu'est-ce que c'était bon de se sentir enfin libre !

Les deux hommes se regardaient en silence. Le vent du mois de décembre martelait les vitres de la salle et rien ni personne n'aurait voulu briser ce calme si doux, redonnant couleur à cette atmosphère qui semblait dramatique. Lorsque l'air paisible manquait, les regards replongeaient dans cette ambiance faite de prospérité. Une joie qu'eux seuls n'avaient pas connue.

John invita son élève à prendre place à ses côtés. Ce dernier s'exécuta, tout en ne le lâchant pas des yeux. Maël avait compris que ce professeur, qu'il détestait aux premiers abords, était devenu la clef de sa libération. Il détourna, sans le vouloir, sa vision du plus âgé et inspira profondément. Regardant vers le bas, il attendit la nouvelle consigne.

– Avez-vous trouvé le passage ? Demanda John, observant son cadet du coin de l'œil.

Celui-ci acquiesça et lui montra la page en question. L'enseignant émit un air de surprise par les mots choisis.

De plus en plus surprenant, pensa-t-il.

Il tendit l'ouvrage à Maël et sourit, tout en s'asseyant sur la table.

– Je ne pensais pas qu'un tel passage pouvait vous émouvoir. Désormais, lisez-le à voix haute, dit-il en levant sa main vers le ciel. Mettez-vous face à moi, je veux sentir votre cœur battre. Pensez à Jack perdant l'amour de son existence en imaginant, après votre lecture, la suite.

Maël répondit à l'ordre de son professeur lorsqu'un doigt, à présent devant lui, se pointa sur son cœur. Il releva les yeux.

— Ne pensez pas à votre imagination, vivez avec *l'astre de votre intérieur*, votre cœur.

Comment Monsieur Kid arrivait-il à croire en la magie des sentiments ? Maël n'en savait rien. Il voulait cesser de comprendre, mais la curiosité l'en empêchait. Le garçon aux cheveux bruns inspira profondément, ferma ses paupières et débuta sa lecture.

"Un dernier bouquet d'étincelles pousse sous mes paupières : Miss Acacia dansant en équilibre sur ses petits talons aiguilles, Docteur Madeleine penchée sur moi, remontant l'horloge de mon coeur, Arthur vociférant son swing à coups de **Oh When the Saints**, *Miss Acacia dansant sur mes aiguilles, Miss Acacia dansant sur mes aiguilles, Miss Acacia dansant sur mes aiguilles..."*

Les lèvres du plus jeune commençaient à s'envoler. Elles ne touchaient plus le sol, Monsieur Kid voyait en lui l'émotion, la passion, le sentiment *humain* qu'il avait toujours voulu faire provoquer. Le cœur de ce garçon perdu venait de vibrer. Si John n'avait pas osé fermer les yeux, il aurait tout de même entendu les battements vainqueurs de cet orage grondant dans l'esprit de son élève, gagnant malgré les éclairs surpuissants.

Lorsqu'il décida de rouvrir ses paupières, Maël le scrutait, à chaudes larmes. Il lâcha le livre, ferma à son tour les siennes et déglutit.

Pensant qu'il ne serait pas capable d'effectuer l'impossible à cet instant, Monsieur Kid afficha une mine inquiète et se tourna pour qu'il ne soit pas mal à l'aise. Cependant, la surprise ne manquait plus d'exister.

— Mes aiguilles, cette horloge empêchant la frénésie de mon cœur de naître au grand jour, venait de se casser la figure face à son départ. Elle m'avait laissé là, par cette maudite dispute. Miss Acacia dansant sur mon horlogerie, le bonheur que je ne retrouverai pas. Je voulais cesser d'être le pantin d'Eros, la marionnette d'un amour jugé trop puissant pour le monde, énonça Maël, la voix cassée par les pleurs.

Regard émerveillé et bouche cousue, le calme régnait.

Sans hésitation, John se tourna de nouveau, s'approcha du plus jeune et le prit dans ses bras si fort, qu'il pouvait sentir son organe vital intensifier ses battements à chaque larme versée. Maël, restant là, les yeux fermés, et ne sachant que faire à part sangloter, ne refusa pas le contact de son aîné. Il en avait plus que besoin de cette douceur encore méconnue pour son âme. Il entoura de ses bras le corps de son enseignant et pleura quelques minutes, la tête posée sur son épaule. La tendresse avait su terrifier les deux hommes durant de longues années. L'un en choisissant le mensonge, et l'autre en imaginant la réalité. Cette bienveillance était, à ce moment-ci, leur dernier espoir. Un souhait qu'ils avaient formé pour obtenir le bonheur et l'amour.

Ce silence, sans chercher la raison de sa venue, fut leur refuge durant de longs instants. Voulant apercevoir le regard de son cadet apeuré par la méconnaissance, John se décolla et scruta ce dernier d'un air attendrissant.

Le plus jeune avait commencé sa quête vers l'impossible, cet univers propre à l'imagination de son cœur qui avait dû s'ouvrir à l'extérieur et avait regretté les actions menées. Cette aventure s'annonçait plus que périlleuse, mais les dés venaient d'être lancés. Maël avait décidé de s'abandonner aux bras du sentiment. Par son élan poétique, son élève sut ce que représentait la vibration d'un cœur. Les malheurs l'avaient ravagé, Monsieur Kid le percevait dans ses yeux remplis d'une souffrance inimaginable. Le juge du courage envahissait ce corps si faible devant tant de nouveautés. Par fierté, John caressa l'épaule de son cadet et acquiesça, ému grâce aux paroles de son étudiant.

– Vous avez réussi à empêcher votre peur de couvrir votre cœur. Et cela vous a enfin permis de découvrir le sentiment *humain*. Bravo, Bring.

Chapitre 13

    Se baladant face au crépuscule, John regardait, sur un banc dans un piteux état, l'astre solaire disparaître. Ce simple spectacle réussissait à lui faire comprendre qu'une journée terminée ne représentait jamais la fin d'une existence. Il tentait d'y croire par de nombreux moyens, mais ne connaissait plus *la* solution miracle. Il était plongé seul dans l'univers de ses songes les plus anciens. Ceux qui ne pouvaient partir de son esprit. Ceux qui quémandaient de l'attention au syndicat de la clémence pour obtenir une accolade de douceur. Il les voyait, tels de petits oisillons devant le moment tant attendu de leur chute. Il était prêt à leur tendre le bras, mais savait qu'il ferait bientôt partie de ces animaux, à demander de la tendresse tant la peine les ravageait.
    John secoua la tête pour chasser ses idées obscures. Il ne voulait plus imaginer le pire. Rien n'était encore arrivé, rien ne s'était passé. Le présent dévoilait son atout : l'instant, la seconde qui ne s'écoulait pas et qui durait éternellement.
    Apercevant le coucher du soleil, sa bulle s'étendit. Le temps venait de s'arrêter. Il avait décidé de prendre congé pour laisser place aux morts. Monsieur Kid ressentit une présence qu'il n'avait pas sentie depuis longtemps, une deuxième perle salée dégoulinant le long de ses joues rosées à cause du froid. Son cœur entendit alors le mot *chaleur* et les battements s'intensifièrent. La mélodie de ce cœur le combla

de bonheur. Ce monde qu'il avait pris tant de temps à forger venait d'accepter l'arrivée d'une nouvelle passagère dans le train de sa guérison. Ce deuil qui lui avait coûté une multitude de larmes revenait à la charge.

Elle lui avait promis et cette dernière lui tenait promesse. Sa présence ne pouvait s'enlever depuis leur première rencontre.

– Je suis heureux de te revoir, Eulalie. Merci pour cette visite.

Le considérer comme un fou ? Le monde en avait le juste droit. Pourtant, posséder cette différence rendait la normalité banale et sans intérêt. John n'avait pas besoin de l'entendre, la frénésie de son cœur résonnait, les battements de son organe vital vibraient, son humanité était sa folie. Et cela, personne ne pourrait lui enlever, lui reprendre comme un objet volé.

Le contrôle de cette larme coulant délicatement sur sa joue avait disparu depuis longtemps. La petite fillette, au doux nom d'Eulalie, rendait visite aux piégés de ce monde trop dur à supporter sans le rêve. Elle emportait la tristesse, guérissait les blessures ancrées du cœur et apportait la douceur manquée. Elle pansait les plaies encore entrouvertes du corps grâce à sa magie pour les transformer en véritables trésors.

À la mort de ses parents, John ne croyait plus en rien, pas même en l'espoir. Eulalie était apparue, lui avait donné un peu de poussière de fée et veillait sur son âme de rêveur intemporelle. Il s'était agenouillé face au juge de son cœur afin de gagner la bataille contre ses songes, avait supplié le monde de libérer le terrible fardeau persistant sur sa famille. La petite fille était restée, s'accrochant à son cœur. Ensemble, ils avaient gagné la bataille. Une guerre rude, mais faite de sens.

Le regard ému devant cet océan de souvenirs, Monsieur Kid se leva de son banc. Il sentait les pleurs envahir sa vision. Non, les sanglots ne pouvaient pas être montrés au monde. Il fallait les enfouir, au plus profond de son être, les retenir, empêcher leur existence.

John courut de toutes ses forces jusqu'à son appartement, sachant pertinemment que son cœur ne pourrait tenir plus longtemps. Il escalada les marches à la vitesse d'un éclair. À bout de souffle et de temps, le professeur ouvrit la porte, les mains tremblantes, la respiration saccadée, presque indiscernable.

Pénétrant son logis, il claqua la porte de la barrière entre son monde et le leur, interdisant même les cieux de franchir les remparts de son esprit. John s'écroula au sol. Depuis combien de temps s'était-il retenu de pleurer ? Extérioriser son mal-être ? Trop, visiblement.

Ses pensées n'écoutaient que la tristesse de son cœur, elles la regardaient avec peine et décidèrent de s'abstenir, de ne plus manifester le moindre geste, de rester ainsi et d'observer l'hôte de ces pleurs, s'exprimer à chaudes larmes. Provenant des abysses de son cœur, cette eau devenait le tourment de son propre jugement, envahissait son visage et le recouvrait entièrement. Les gouttes de son *astre d'intérieur* s'accrochaient à sa peau, elles le comprimaient et le soulageaient à la fois. Phalanges ouvertes, quelques-unes vinrent se déposer sur ses paumes, faisant à cet instant l'arrivée d'un nouvel éclat, d'un énième vase brisé au sein de son esprit.

Voyant ce liquide transparent arriver jusqu'au bas de son corps, John ferma les yeux, se recroquevillant sur lui-même. Genoux contre son torse et tête embrouillée, l'enseignant ne pensait plus à rien. Il voulait que les échos de son désespoir cessent, que ce trou d'obus amené par la guerre entre son âme et le syndicat du repos cicatrise. Il le souhaitait, bon sang !

– Il faut que ça s'arrête, il faut que ça s'arrête, il faut que ça s'arrête, répétait-il en boucle.

Une envie soudaine lui prit.

Il se releva avec difficulté, tant son estomac était fatigué par le malheur et sa vision qui devenait trouble à cause des larmes, et s'approcha de son bureau pour attraper un paquet de cigarettes. Le professeur chercha un briquet et alluma le bâtonnet de nicotine. Aspirant fortement le poison, il se sentit renaître. Lorsque sa peine augmentait d'une façon trop rapide, son addiction reprenait le dessus. John avait besoin de cette toxine pour réparer les pleurs de son cœur, qui n'était autrefois qu'un simple accompagnement. L'astre de son intérieur réclamait à chaque chagrin la possibilité de goûter à cette dangerosité. Lui aussi trouvait refuge face à l'orage de sa tristesse dans cette dépendance.

Les pleurs continuèrent sans relâche, en ne trouvant pas de moment pour s'arrêter. Lorsque la douleur possédait l'entièreté du contrôle, rien ne pouvait faire taire ses larmes. À l'aide de ses poignets, tout en pleurnichant, il sécha les perles salées gigantesques qui dégoulinaient sur ses joues épaisses par la souffrance. Avec mécanisme, il se dirigea vers son réfrigérateur et s'empara d'une bouteille de vin. Reniflant tel un enfant, John se servit un verre et but son contenu d'une traite.

La peine semblait tellement immense, que son esprit lui dictait les plus mauvaises habitudes. Cigarette entre les phalanges, le jeune homme ouvrit la fenêtre. Malgré les températures glaciales, il voulait sentir le vent hivernal sur sa chair pour geler ses yeux dans le but de ne plus pouvoir pleurer tant cela l'épuisait.

Ses pensées revinrent à la charge. Pourquoi pleurait-il alors que la tempête du décès était passée depuis fort longtemps ? La peine s'était agrandie au fil du temps et John l'avait accepté. Pourtant, le doute persistait. Ses pleurs avaient exprimé le regret et la douleur sans que même l'hôte de ce geste ne soit au courant. Son hésitation lui fit tourner la tête et une ombre blanchâtre, qu'il connaissait, apparut non loin de lui. Sa conscience venait lui rendre visite.

Elle était là, regardant le jeune homme avec tristesse. Un échange de voix se disait inutile. Il se redressa légèrement, étant auparavant faiblement courbé, et ses yeux se plissèrent. Que faisait-elle ici ? Était-elle à ses côtés pour le juger, puis partir sans le moindre regard bienveillant ? John pensait attaquer le magistrat de son cœur pour connaître les raisons lorsque l'esprit, se trouvant face à lui, à l'apparence fantastique, lui offrit une négation de la tête et un sourire tendre. Le vent emporta sa présence vers d'autres contrées.

John suivit de ses yeux la disparition de cette âme et ne comprenait toujours pas ce qui lui avait pris d'effectuer ce geste si étrange. Approchant la cigarette de sa bouche, il aspira une bouffée de nicotine, quand plusieurs vibrements répétitifs se manifestèrent. Le professeur attrapa son cellulaire et vit un numéro de téléphone qui ne lui était pas inconnu, bien au contraire.

Mains tremblantes et respiration devenant saccadées, il décrocha.

– *John Kid ? Est-ce bien vous ?* répondit un homme, d'une voix tremblante.

– Oui, que se passe-t-il ? demanda le professeur, son élocution mauvaise par les pleurs qui semblaient reprendre de plus belle.

Un silence, puis un grondement à l'intérieur.

Un battement rata son chemin vers le cœur et chuta face à la compréhension.

John comprit enfin le geste de sa conscience et décolla peu à peu le cellulaire de son oreille, sentant de nouveau les larmes monter. Sa vision, brouillée de nouveau par la souffrance, fit écrouler le jeune homme au sol.

– Je suis sincèrement désolé, Monsieur Kid, s'écria l'autre au bout du fil, sentant que le principal concerné avait compris.

À cet instant, le bonheur venait de disparaître avec sa cadette. Le monde qu'il avait forgé s'écroulait sans prendre le temps de maintenir les remparts.

Un souffle, et soudain, la flamme de son espoir s'était éteinte.

Chapitre 14

Le vide, un conditionnement que l'on s'inflige sans prendre le temps d'obtenir, ne serait-ce, qu'un soupçon de bonheur. Il vous emprisonne et ne laisse plus la joie s'installer, prend l'entièreté de notre corps et autorise le syndicat du sanglot d'apparaître pour qu'il puisse se nourrir, utiliser nos dernières ressources. Ce besoin constant d'empêcher la conscience de vivre. Le vide, le tueur de notre cœur. Cette émotion qui ne garde jamais ses compagnes et qui désire être le maître du jeu. Ce monde que l'on forge depuis le commencement se brise dès l'instant où ce ressenti vient à naître. La faucheuse devient alors la seule issue possible, l'unique échappatoire pour la survie de l'espoir.

Regardant depuis bientôt une semaine le plafond, John ne disait rien, ne ressentait plus le besoin d'éclater en sanglots, ne buvait que par nécessité, salissait ses poumons à l'aide d'une grande dose de nicotine et ne vivait plus. Dépourvu de tout sentiment, l'idée de se nourrir ne lui était plus parvenue. Bérénice était partie, avait mis fin à ses jours, laissant une lettre destinée à son aîné, qu'il n'avait cessé de lire. Lire et encore lire, sans même prendre le temps d'arrêter ses larmes face à l'écriture de sa sœur.

Le papier, toujours entre ses phalanges, mouillé par ses pleurs, éprouvait, quant à lui, la plus infâme des souffrances que l'univers ait connu. Les mots transcrits ne voulaient plus quitter son esprit, à cet instant, vide de toute émotion.

"Ne m'en veux pas, John, de partir si tôt. Le fardeau que je représente pour toi est impossible, je ne peux pas. Les voix parlent et savent, elles ont toujours eu raison.

Je t'ai aimé, j'ai aimé nos câlins depuis que je suis petite, ton réconfort était le plus beau des cadeaux.

Crois-moi, partir n'est pas une chose facile, mais je trouve que c'est la plus évidente.

Je t'aimerai pour l'éternité."

Ces simples paroles avaient réussi à faire perdre le phénomène *sentiment* au professeur. L'existence lui semblait plus qu'insupportable.

Depuis son départ, la pensée d'exterminer sa souffrance par le billet de Thanatos ne voulait pas le laisser en paix. Il y songeait, relevait les plus grandes possibilités et abandonnait à chaque fois. Il ne pouvait pas lui faire ça. Son esprit semblait beaucoup trop lâche, même si son *astre d'intérieur* demandait cette solution d'apparence très dangereuse.

Le soir de sa disparition, il était resté au sol, à sentir son cerveau se vider de tout, à pleurer la globalité de sa peine, à extérioriser des larmes qui ne signifiaient rien. Son désespoir représentait tant, que les pleurs des dieux n'exprimaient qu'une simple partie de sa tristesse. Meurtri de l'intérieur, voilà ce qu'il était. On avait arraché son cœur pour le remplacer par un vulgaire engin sans émotion. Le lendemain, en observant son cœur pantin, John n'avait pas bougé, totalement incapable.

Par inquiétude face à l'absence de son ami, William avait décidé de s'absenter quelques heures pour le rejoindre. Ce dernier avait découvert, lorsque la porte s'était entrouverte, un visage au bord d'un nouvel effondrement. Sans hésitation, le proviseur s'était approché de son congénère et lui avait offert la plus douce des étreintes. John n'avait pas parlé, mais son meilleur ami avait compris. Un regard suffisait, une parole revenait à tout effondrer. La cadette était partie, William le savait. Sous les yeux larmoyants du professeur, ce dernier comprenait que sa vision ne représentait rien, que son cœur était brisé et que plus jamais la joie ne régnerait sur son visage.

Il ne demanda aucune explication. Son ami était si fragile, qu'il connaissait les risques des mots, des paroles pouvant tout changer et ne laissant pas un retour en arrière possible. Tous deux étaient restés au sol, sur le seuil de la porte, l'autre le réconfortant comme il en était capable, tentant de retenir à son tour la peine incommensurable.

Comment pouvait-il encore respirer, alors que Bérénice venait de disparaître ?

Il avait serré cet être tel un père protecteur à l'égard de sa progéniture, caressant durant de longues heures ce corps désormais rongé par le vide et la douleur. Ce père dont John avait grandement besoin, un père parti, lui aussi. Des larmes revinrent à la charge. Cette souffrance qui ne le laissait pas indifférent, cet éclat d'obus dans le cœur de son ami, qui ne semblait pas cicatrisable, revenait. Elle avait pourtant disparu quelque temps auparavant, puis réapparaissait.

John, dans les bras de son camarade, avait dévoilé ses plus malheureux sanglots, s'accrochant avec faiblesse à ses vêtements, l'empêchant de bouger ne serait-ce que d'un seul millimètre. Ses parents ne vivaient plus, sa sœur avait décidé de les rejoindre d'une manière si destructrice, que le professeur culpabilisait.

Sa cadette avait tant souffert du départ de ses aînés, elle tenait face au jugement de sa souffrance avec les dernières forces qu'elle possédait. Bérénice, devant les voix lui répétant sans cesse que la mort de tous venait de ce qu'elle dégageait, crut depuis leur disparition que le fardeau de la faucheuse était à porter. Ce poids gigantesque que sa maladie lui infligeait fit penser à la jeune femme le pire. Elle avait, tant bien que mal, réussi à faire perdurer le mensonge sur son état, à convaincre son frère que le traitement, étant censé soulager les paroles de son esprit, marchait alors que rien ne fonctionnait. L'ignorance, il ne lui restait plus que cela.

Lorsque John comprit tout ceci, la faute rongea l'entièreté de sa peau, coupant chaque recoin de sa chair afin qu'il ne reste plus rien.

Cruel, abject, fautif, voilà ce qu'il représentait.

N'ayant pas eu le courage de mener la bataille, le professeur se sentait coupable, coupable d'une action qu'il aurait dû prévoir. Coupable de l'état mental de sa sœur, coupable du décès de ses parents, coupable de tout.

N'imaginant pas un instant son ami seul, William décida, depuis leur rencontre muette, de venir s'occuper de l'enseignant afin qu'il ne manque de rien. Il avait amené ce dernier au sein de sa chambre, l'avait couché, sans un mot, et lui avait apporté de l'eau pour qu'il soit en mesure de s'hydrater.

Chaque jour, le proviseur revenait. John n'avait pas bougé d'un poil, restant sur ses draps, à scruter le plafond, les larmes toujours aux yeux. Le monde avait souhaité prendre de ses nouvelles, le supérieur avait décliné. Il fallait que son entourage comprenne que rien n'était encore facile et que son absence était complètement justifiée, en ne comptant pas sur lui pour une quelconque explication.

De nouveau chez son ami, il pénétra dans le logis, remplit un énième verre d'eau et toqua à la porte. Aucune réponse comme à cette habitude installée depuis une semaine.

William entra, trouvant alors le professeur observant encore son plafond ou bien la lettre de sa sœur, et déposa le récipient sur sa table de nuit. N'en pouvant plus de cette situation presque insoutenable pour son meilleur ami, ce dernier soupira.

– Je sais que tu n'es pas prêt à parler, mais John, ça fait une semaine.

Le principal concerné tourna doucement la tête et nia.

– Si tu ne veux pas rester, rien ne t'en empêche. Je ne veux pas être un poids pour toi, répondit-il en sentant les pleurs remonter dans sa gorge.

La peine vint au rendez-vous. William s'accroupit face à John et lui caressa la joue, tout en lui demandant d'arrêter d'énoncer des bêtises.

– Tu es mon meilleur ami, Jo', répondit le supérieur hiérarchique d'une voix tendre. Ne pense pas que je ne m'inquiète pas pour toi, bien au contraire. Le poids que tu penses m'infliger n'existe pas, il n'a jamais existé d'ailleurs.

William s'installa aux côtés de son ami et le serra d'une forte intensité contre lui.

– Tu t'infliges seul la pensée d'une quelconque culpabilité. Tu n'es pas coupable de son décès, tu ne l'as jamais été.

– J'ai participé Will', énonça l'enseignant, malgré ses larmes dégoulinant peu à peu le long de ses joues, je n'ai pas voulu affronter son mal-être inconsciemment, j'ai échoué… Et je l'ai perdue…

Les légers gémissements de sa tristesse retentirent à travers la pièce, laissant place à la compassion.

– Le suicide d'un être cher peut être compris, mais pas prévu. Tu peux te reprocher les plus grands malheurs, Jo', tu n'es pas coupable. Rappelle-toi que sa maladie n'arrangeait pas son évolution vers la guérison, que cet acte était toujours à prévoir lorsqu'on souffre de schizophrénie. Je pense comprendre et imaginer ta déception envers toi, mais réponds-moi honnêtement. Qu'est-ce que cette culpabilité t'apporte, Jo' ?

Un silence, des reniflements, puis une voix.

– Elle me fait comprendre que je n'ai jamais été là, que j'aurais voulu être à sa place, la voir épanouie et heureuse, bordel, avoua John, des perles salées brouillant sa vision.

Un rictus s'afficha sur le visage du proviseur à l'entente du mot familier.

– Elle souffrait Will', elle a toujours souffert et ces putains de médecins n'ont rien fait, le monde ne s'est pas occupé d'elle, continua-t-il, ses sanglots dévalant le long de son visage. J'étais responsable, mes parents m'ont laissé sa garde et je n'ai jamais été capable de la protéger contre ces maudites voix… Elle s'est jetée dans le vide par ma faute, William.

Ce dernier renferma davantage son étreinte et accepta la peine qui le submergeait, pleurant à son tour. Entendant le souffle saccadé de son meilleur ami, John releva doucement la tête et lui offrit, pour la première fois depuis la mort de sa cadette, une accolade. Il franchit le pas et vit William le remercier inconsciemment.

Le proviseur aussi connaissait la perte d'un être cher. Quelques années auparavant, celui-ci avait perdu sa mère d'un cancer du poumon et John s'était mis en arrêt durant une petite période afin d'être présent pour lui. Les remerciements entre eux ne servaient à rien, les mots n'avaient pas besoin d'être prononcés, seules les actions comptaient. Ainsi, le professeur de lettres, pendant trois semaines consécutives, avait été à ses côtés, ne le lâchant pas d'une semelle, prenant soin de lui comme il le faisait.

Dès son arrivée, John avait remercié son camarade, mais ce dernier avait refusé.

– C'est normal que je prenne soin de toi, Jo', lui avait-il répondu, un sourire aux lèvres.

L'enseignant continuait à penser, en scrutant le visage de son ami, que le poids qu'il lui infligeait, sans que William n'en prenne conscience, devait être bien plus lourd qu'il ne pouvait l'imaginer. John baissa la tête, se redressa et pleura.

— Je suis tellement désolé que tu t'infliges ça, Will', énonça le professeur, démuni.

Le surnommé *Will'* renifla, sécha ses larmes et déposa l'un de ses doigts sur les lèvres de John.

— Tu auras beau t'excuser, Jo', je serai présent à chaque instant, répondit-il, d'un air bienveillant. Tu es mon ami, même le meilleur. Le seul qui soit là, à éveiller les esprits pour les rendre plus jolis, pour leur donner une autre vision afin qu'ils puissent prendre conscience de la beauté de l'existence humaine. Penses-tu sincèrement, continua William, que je serai près de toi, à sangloter comme une madeleine, si tu exerçais une culpabilité quelconque sur mes épaules ?

John afficha une mine triste, mais ne put s'empêcher de sourire face aux éloges de son supérieur hiérarchique.

— Je serai en train de préparer les futurs conseils de classe, de chercher à te remplacer pour que le système scolaire de mon établissement ne soit pas rompu, pourtant, ces actions que je dois remplir en tant que proviseur m'importent peu. Elles semblent même insignifiantes. Désormais, mon unique devoir est de veiller sur toi, comme j'ai toujours tenté de le faire depuis notre rencontre. Ma priorité revient à t'accompagner dans la dureté de cette épreuve que tu traverses.

Il inspira et caressa les mains de John.

— Tu n'es pas seul.

À l'entente de ses paroles, l'enseignant crut voir de la lumière au sein du trou éléphantesque de son cœur. L'astre de son intérieur vibrait peu à peu. Ces mots, peut-être insignifiants, relevaient d'un grand soutien, d'un soulagement que le juge de la peine tenait compte.

À cet instant, John sut que le poids qu'il pensait infliger n'était pas présent. La solitude l'avait durement aveuglé, le prenant de haut et brouillant sa vision déjà perturbée par le désespoir. Elle l'avait isolé, le rendant coupable d'un acte qu'il n'avait pu prévoir. La disparition de sa cadette, ne quittant pas son esprit, l'avait anéanti. Il s'était senti seul, dépourvu de tout et à présent, son meilleur ami lui faisait de nouveau croire en l'impossible. Les larmes coulant le long de ses joues, cette fois, ne signifiaient pas qu'une souffrance dont John s'était emparé, elles représentaient la légèreté infinie que son cœur quémandait.

Voyant le visage de son camarade se métamorphoser, William lui offrit le plus beau sourire.

– Tu n'as jamais été seul, Jo', affirma-t-il tendrement, et tu ne le seras plus jamais.

Les deux amis de longue date se firent une douce accolade, le professeur murmura à l'oreille de son voisin, d'une voix affaiblie par la fatigue des sanglots provenant du ciel :

– Merci.

Après quelques minutes dans un silence apaisant, le proviseur se détacha de l'enseignant.

– Je dois partir, Éloïse m'attend.

John acquiesça. Sa compagne, au nom d'Éloïse, avait appris pour le décès de sa cadette et était venue le lendemain pour lui adresser ses condoléances. D'un sourire tendre, attendant une réaction du professeur qui n'était pas en état de lui offrir ne serait-ce qu'une réponse, elle avait accepté le mutisme de ce dernier et demandé à son compagnon de venir le voir seul. Elle décida de ne plus l'accompagner.

Inconsciemment, John s'en était réjoui, heureux depuis quelques années que son camarade ait trouvé une femme capable de l'aimer.

L'enseignant salua son supérieur, le raccompagnant à la porte, et referma celle-ci.

Un calme impassible plomba l'atmosphère. Ce silence, qui ne l'avait pas perturbé jusque-là, hantait son esprit. De nouveau, les pensées enfouies revinrent comme par magie. Durant un laps de temps, elles avaient pris congé et n'avaient pas insisté.

L'insupportable, il le surmontait depuis une semaine. Pourtant, ce sentiment devenait impossible à encaisser. Il fallait qu'il s'en aille pour empêcher au professeur d'effectuer le mauvais choix, l'amenant dans les abysses, le plongeant au sein d'un monde qu'il ne connaissait pas. La mort.

La faucheuse attendait au loin la dernière venue d'une famille brisée. John le savait. Était-ce le bon choix ? Son esprit redevint vide, son humanité venait de repartir et son retour au syndicat de l'espoir n'était pas compté sur la liste d'invités.

Tout était terminé.

John savait que le poids qu'il imaginait infliger à son ami n'existait pas. Cette culpabilité que lui-même pensait supporter n'était, en réalité, qu'une piètre image. Il pouvait partir en paix, rejoindre sa sœur. L'unique être le faisant voyager dans un monde prospère et paisible. Il la retrouverait, il en était plus que certain.

Relevant son corps affaibli, il se dirigea vers la cuisine, attrapa sa toute et dernière cigarette, l'alluma et aspira une bouffée de nicotine.

Quelle sensation plaisante. S'abandonner à la dépendance d'un poison ne pouvait être que ravissant. Soudain, une présence vint lui rendre visite. Son cœur stoppa tout battement, son physique se paralysa en un instant.

– *Ne le fais pas.*

Privés de cette tristesse manquante, ses yeux s'imbibèrent d'eau.

Bérénice était là, face à lui, le regard bienveillant et paisible.
– *Ne me regarde pas comme ça, John. Je connais tes pensées, je les entends et je sais ce que tu t'apprêtes à faire.*
– 'Nice... balbutia John, je suis tellement désolé...
Sachant que son aîné ne pouvait qu'énoncer des excuses, elle s'approcha et lui sourit. Le cœur du plus âgé reprit son action de plus belle.
– Tu es venue et je ne m'en suis même pas rendu compte l'autre fois... Je pensais que c'était ma conscience, mais tu étais là... Je ne suis qu'un être pathétique et inutile pour le monde... Je n'ai pas réussi à te protéger et à te faire croire en l'espoir...
– *John... Regarde-moi,* ordonna l'esprit de la jeune fille.
Ce dernier exécuta sa demande, les pleurs visibles.
– *Tu m'as aimée, tu as été là, et tu m'as acceptée. **Il compte sur toi, ne le lâche pas. La mort a pris mon existence, mais je ne le regrette pas... Je suis en paix. Enterre-moi avec eux et prends soin de nous.***

Le professeur crut voir flou, tant les larmes ravageaient ses yeux. Il couina de tristesse, déposa ses mains sur son visage, tentant alors de masquer son mal-être.
John aurait tellement aimé se faire tout petit, la culpabilité rongeait son esprit, elle persécutait l'entièreté de son corps, ne laissant pas de place au bonheur. Il s'en voulait, sous le regard bienveillant de sa cadette, de ne pas avoir pu empêcher ne serait-ce qu'une partie de ce geste imposant l'impossible retour en arrière.
Baissant la tête face à la honte qui le submergeait, des doigts vinrent, malgré leur transparence, relever le menton du professeur.
– *John,* murmura la jeune femme, *ne te sens pas coupable d'un évènement que personne n'aurait pu prédire.*

Je suis heureuse de là où je suis, termina-t-elle, un sourire aux lèvres.

Son âme fut ainsi emportée par le vent hivernal et John sentit, à cet instant, un poids traînant depuis longtemps sur ses épaules, s'envoler.

La culpabilité qu'il s'infligeait n'était, quant à elle, pas encore partie. Le temps serait la clef de sa guérison. Pour la première fois, sa cadette venait de lui assurer que la mort avait été un choix radical. Qu'à présent, de là où elle se trouvait, le vent avait été clément en l'emportant dans un monde heureux et prospère. Le professeur avait voulu la rejoindre, mais apercevoir de la douceur sur son visage, en plus de ses paroles tendres, lui permettait ainsi de croire en l'espoir. Cette dernière vivait désormais au sein de son cœur.

Dès leur rencontre, une sorte d'attraction s'était faite, chacun ressentait les vibrements de l'autre sans comprendre le fonctionnement. Leur organe vital était lié, ne faisant qu'un, pour l'éternité. On appelait ce lien, dans le langage courant, les *âmes sœurs*. À la naissance de Bérénice, John avait senti les battements du cœur de sa sœur, l'harmonie de leur bonheur n'était pas à son comble s'ils ne pouvaient pas être deux.

Lorsque l'âme de Bérénice était partie pour de bon, le plus âgé avait affiché un sourire sincère sur son visage. Cette dernière, ne connaissant pas l'existence de son protégé, appartenait à son *astre d'intérieur*. Ils vivraient en unisson, battant côte à côte les épreuves titanesques que l'existence humaine imposait. Ils étaient prêts à gagner la bataille contre le juge du désespoir pour en sortir, à chaque coup, vainqueurs.

John obtiendrait la victoire et réussirait son objectif, celui de faire naître au grand jour la renaissance de ses émotions, mais également de permettre au monde de croire au souffle du dieu messager emporté par la brise de nuit devant la boîte de Pandore, l'espoir.

Le chemin vers la guérison du trou de son cœur ferait face à une multitude de péripéties, néanmoins le calme apaiserait les malheurs. John remporterait la guerre. Sous les pleurs devenus prospères depuis le poids dégagé de son esprit et la fatigue de cet adieu tendre, il s'écroula au sol et s'endormit, un faible sourire et des larmes dans le coin de ses yeux.

Le syndicat de l'espérance venait d'apparaître doucement.

Chapitre 15

Une semaine, voilà le temps d'absence de Monsieur Kid. Du jour au lendemain, le professeur n'était pas venu en cours, sous l'incompréhension de tous.

Le proviseur avait donc informé les élèves que ce dernier ne serait pas présent durant une période incertaine, un moment ne possédant aucune fin pour une cause personnelle. Certains s'étaient réjouis, d'autres avaient soupiré. Pourtant, l'un d'entre eux avait senti son cœur louper un battement. Ce cœur qui commençait peu à peu à revivre venait de se geler à cause de la brise du vide. Les yeux rivés vers la planche de sa table, Maël n'avait pu prononcer le moindre mot, ne sachant pas s'il devait être heureux, angoissé ou bien triste de cette nouvelle.

Voyant bien que son ami n'était pas dans son état normal, Ayden avait tenté une approche douce, mais rien ne fonctionnait. Le jeune homme restait impassible, presque vide. Ses émotions, qu'il commençait peu à peu à connaître, s'étaient envolées en une fraction de seconde. Tentant malgré lui de les retrouver, il n'y parvenait pas. Seul, il se sentait.

Ainsi, depuis une semaine, l'étudiant ne savait que faire. Il avait l'impression de replonger dans l'océan de ses peurs, pénétrant une nouvelle fois, au creux des abysses de son *astre d'intérieur,* tel qu'il adorait l'appeler grâce à John.

– Maël ? Tu m'écoutes ? énonça une voix qui le fit sortir de ses songes.
Le principal concerné releva doucement la tête et nia. Ses pensées perturbaient davantage son esprit que la conversation qu'il entretenait avec cette jeune fille.
– Je suis désolé, j'ai rien entendu, avoua-t-il, l'air froid.
– Je te disais qu'on pourrait peut-être sortir avec Ayden et mes amies, étant donné que Kid est toujours pas là.
Le sujet venait d'être remis sur la table.
Qu'en avait-il à faire de cette femme à l'apparence provocatrice et qu'il ne connaissait que de loin ? Rien. Absolument rien. Elle était certes charmante, mais restait comme les autres filles de son lycée, des étudiantes gâtées et ne connaissant que le bonheur.
Avant qu'il ne puisse rétorquer, une voix l'en empêcha.
– Désolé Leila, mais je pense qu'on a pas envie de sortir avec toi et toutes tes pimbêches de copines, s'écria un jeune homme.
N'ayant pas besoin de se retourner, Maël afficha un sourire discret.
La prénommée *Leila* s'offusqua et se leva brutalement de sa chaise, le regard agacé.
– De toute façon, je sais même pas comment quelqu'un pourrait s'intéresser à vous. Vous êtes juste des gens inutiles pour la société, cria-t-elle, attirant l'attention de tous.
– Sache que c'est réciproque, répondit Maël, d'un ton sarcastique.
Voyant rouge, la jeune femme tendit sa main pour frapper son camarade. Devinant son geste, Ayden tenta de l'en empêcher. Cependant, Maël fut plus rapide. Se relevant brusquement, il attrapa le bras de Leila et le serra de toutes

ses forces, que cette dernière, sous la douleur imminente, laissa échapper un léger cri.

– La prochaine fois que tu essaies de me gifler, t'en sortiras pas vivante.

La jeune femme tenta de lâcher, malgré la souffrance que subissait son membre, la prise de son congénère.

C'était sans espoir, Maël possédait une force davantage supérieure à la sienne. Elle abandonna et acquiesça. Face à sa victoire, l'étudiant sourit et lâcha son bras.

– T'approche plus jamais de nous, t'as compris sale pimbêche ?

La jeune femme acquiesça, la tête baissée, puis partit. Peut-être se réfugier pour sangloter ? Il s'en fichait.

Tous avaient assisté à cette scène spectaculaire, n'imaginant pas une seule seconde que Maël était capable de faire de telles choses, surtout sur une femme. À leur tour, personne n'osait plus regarder leur camarade, étant beaucoup trop intimidé. Ce dernier n'en avait rien à faire des regards posés sur sa personne, sûrement jugeurs. Une main se déposa sur son épaule et il sentit son souffle se calmer.

– Calme-toi, Maël, lui chuchota son ami, d'une voix douce.

Maël ferma ses paupières et inspira grandement. Sa colère n'était pas une chose que le monde devait connaître, elle ressemblait à un animal enragé auquel on aurait interdit l'accès à ses besoins primaires, manquant de chair et d'eau. Incontrôlable, avait décrit sa conscience. Cet aspect devait ainsi rester caché.

Lorsqu'ils étaient plus jeunes, le plus âgé, afin de découvrir la personnalité de son nouvel ami, avait franchi les barrières de son esprit et provoqué le principal concerné. Ce ne fut qu'en un instant, le provocateur se retrouva à terre, le nez défiguré et ensanglanté, par la force du coup de poing de son congénère. Ayden s'était relevé avec difficulté et avait compris. Le regard de son camarade en disait tant, qu'il ne ressentit pas le besoin d'en savoir davantage. Cette vision faite d'une haine invoquait chez n'importe qui de la peur. Il s'était excusé et l'agresseur avait réalisé ce qu'il venait d'effectuer.

À partir de ce jour, Ayden était le seul à pouvoir gérer sa colère, cette noirceur qui contrôlait le corps de son ami, rendant et guidant son esprit tel un pantin que l'on aurait fabriqué et manipulé. Une émotion qui manoeuvrait le jeune homme sans qu'il ne puisse faire quelque chose pour guérir la plaie et reprendre le pouvoir de son mécanisme.

Maël détourna le regard et acquiesça. Il avait besoin d'air.

Les deux élèves rejoignirent l'extérieur de l'établissement en silence, trouvèrent un arbre et s'assirent sur la pelouse fraîchement tondue. L'odeur qui envahissait l'atmosphère se composait d'un mélange entre un extrait de champignon et un autre légèrement plus iodé. C'était si agréable, que Maël en perdit le cours du temps. Il plongea dans un monde de tendresse sous cette senteur si parfaite et agréable aux yeux de ses narines. Une voix coupa alors sa marche sur le chemin de l'imagination qu'il n'avait plus emprunté depuis l'absence mystérieuse de son sauveur.

– À quoi tu penses ? Demanda Ayden, souriant face aux rayons de soleil qui recouvraient sa peau de verre.

Maël haussa des épaules et profita lui aussi de l'astre pour se régénérer. Quelques secondes sans que le garçon aux cheveux noirs ne réponde, l'autre se mit à parler.

– Je sais que l'absence de Kid te perturbe énormément, je peux pas le comprendre étant donné que je le connais pas en professeur, mais simplement en tant que personne. Je comprends ton énervement face à Leila.

Maël ouvrit petit à petit les yeux et se redressa pour faire face à son meilleur ami. Ses sourcils se froncèrent.

– J'ai pas voulu la frapper ou lui tordre le bras, je voulais simplement qu'elle comprenne qu'on doit pas me toucher.

Ayden afficha une mine tendre et sourit.

– T'as pas à te justifier, je souhaitais seulement, avec ma voix, que tu reviennes parmi nous et que tu t'emportes pas, je sais que tu l'aurais regretté.

Le principal concerné baissa doucement la tête.

Le calme revenait à la charge, le vent remplissait son rôle, attrapant les chevelures pour les faire danser dans le vide. Les deux amis se laissaient bercer par la douce mélodie de la brise apportant le chant des feuilles et la symphonie des arbres.

Par son soupir, Maël brisa leur silence et accompagna le concert de la nature.

– Cette colère incontrôlable que je ressens me donne envie de pleurer.

Écoutant les paroles affaiblies de son ami, Ayden ne put se retenir de lui offrir une étreinte que ce dernier accepta sans hésitation. Encore une fois, le magistrat de la haine regardait le sauveur de son hôte gagner la bataille, la bienveillance d'un cœur, qu'est-ce qu'il la détestait. Ce ressenti affaiblissait Maël, empêchant son esprit de reprendre le contrôle de son système, lui provoquant une envie fulgurante de se blottir contre sa propre peine et de ne plus franchir les barrières du pouvoir de ses sentiments. Tant l'émotion paraissait mauvaise qu'elle abrutissait le jeune homme du besoin provenant des cieux, celui d'exploser en larmes. Sans qu'il ne puisse le contrôler, une perle salée dégoulina le long de sa joue, le faisant renifler par la suite.

Caressant le dos de son ami, Ayden lui demanda de se calmer et de respirer profondément. Souffle saccadé et cœur à moitié brisé, Maël se reposa sur le corps de son congénère, pleurant en silence, laissant ses larmes former de jolis confettis qui se dispersaient à travers les airs. Oubliant le temps, ils restèrent là, l'un sanglotant tel un enfant et l'autre sentant son cœur se fissurer à chaque fois que sa peine parlait.

Maël se sépara de son meilleur compagnon et le regarda.

– T'as raison, pour Kid, avoua-t-il. J'ai l'impression qu'il s'est passé quelque chose d'atroce pour qu'il revienne pas. Imaginer qu'un jour il prenne la décision de démissionner et d'abandonner ce que l'on a commencé est dur à accepter, continua l'élève, la voix fébrile à cause de la souffrance. Il est le guide que j'ai jamais pu avoir, 'Den, mon mentor, tout ce que tu veux...

Voir son ami le plus proche aussi fragile, face à la tempête d'une émotion, était insupportable. Depuis toujours, devant le monde, Maël avait su faire preuve de neutralité, ne répondant pas aux épreuves par les pleurs et gardant sa froideur pour affronter les malheurs. Pourtant, Ayden voyait désormais ce qu'apportait ce professeur. Une renaissance, un changement que le principal concerné avait refusé d'admettre, mais qui n'était pas si désagréable. Il dirait même bien plus que cela, c'était révélateur.

Cet enseignant, sorti d'une autre dimension, avait compris en un clin d'œil le mensonge dans lequel Maël préférait rester pour lui apporter une nouvelle méthode, celle d'emprunter le chemin de la vérité. Un réalisme qui était peut-être trop difficile à comprendre. Mais qui donnait en fin de compte, en échange, la guérison de la maladie incurable des émotions.

Cet océan qui plonge le souffrant au sein d'un tourbillon agressif de sentiments et qui empêche le cœur de prendre son envol en direction du pays de l'imagination. Cette tempête qui prive tout être d'empathie en remplaçant l'acceptation par le refus, afin de manger les restes du bonheur. On sent notre cœur s'effacer peu à peu, jusqu'à s'apercevoir qu'il n'existe plus. Ce voile, disant au malade que le ressenti ne fait plus partie de son vocabulaire, masque l'aspect véridique et interdit à celui-ci de revenir.

Monsieur Kid avait ainsi contourné les lois et combattu corps à corps le juge de la méfiance, afin de gagner la bataille. Si ce dernier venait à partir, l'espoir, reposant sur les épaules du temps, s'enfuierait pour une mort certaine.

Ayden plongea son regard dans le sien et sourit de nouveau.

– Prouve-lui, avait-il répondu.

Maël resta quelques secondes dubitatif, ne sachant que dire devant les paroles de son meilleur ami. Puis, tout prit sens. Il acquiesça.

Oui, il le lui prouverait.

L'impossible n'était pas encore parti, après tout.

Chapitre 16

Stylo entre les mains, Maël soupira.

Son regard se projetait à ses côtés, face à la poubelle remplie d'une multitude de boulettes de papier. Rien ne venait, sa tête ne voulait pas coopérer avec son inspiration. Elle restait cachée dans son coin et l'élève lui suppliait de se montrer. Pas le moindre mot ne marchait et ne souhaitait apparaître. Rien n'était cohérent ! Tout semblait vide et décevant lorsque ses yeux observaient les pages incomplètes et malmenées par ses doigts. Le pauvre papier n'avait rien demandé. S'il avait une bouche pour parler, Maël était certain qu'il lui aurait crié d'aller se faire voir.

Quant à l'imagination, elle ne souhaitait pas bouger et personne n'avait le pouvoir de la forcer. Elle abandonnait le jeune homme à la malédiction de la page blanche.

Maël détourna sa vision vers la nouvelle feuille, admirant sa physionomie répétitive, ses lignes tracées dont l'espace entre chacune ressemblait à une partition sans que le compositeur ne daigne y écrire une seule note. Par l'impatience de ne pas savoir quoi dire, il resserra sa prise sur le pauvre stylo et faillit briser le plastique protégeant l'ancre.

Il soupira d'énervement.

– J'en ai marre ! Hurla-t-il, envoyant valser son bic à travers la pièce.

L'étudiant prit son visage entre ses mains et ferma les yeux. Était-ce si dur d'exprimer ce que l'on ressent sur un bout de papier ? Comment les écrivains y parvenaient-ils ? Il n'en avait pas la moindre idée. De vrais génies, ils savaient séduire les mots.

Quelqu'un frappa à la porte, le faisant sortir alors de ses pensées.

– Entrez ! Répondit Maël, tout en se tournant pour faire face à l'intrus.

Une tête qu'il connaissait apparut dans l'embrasure de la porte.

– Qu'est-ce que t'as à hurler comme ça ? Demanda le plus âgé à son cadet.

Le principal concerné soupira.

– Je dois écrire quelque chose, mais j'y arrive pas.

– Et t'es obligé de crier ? Répondit l'autre, un sourcil levé.

– Si t'es venu pour me faire la morale, tu peux dégager, Arthur.

Le prénommé *Arthur* rit à la remarque de son frère et pénétra au sein de la pièce sans la permission du propriétaire. Par ce geste, le cadet se releva et s'approcha avec colère de son aîné.

– Calme-toi, je peux t'aider.

Maël éclata de rire sous la mine consternée d'Arthur, puis reprit un air neutre pour demander à ce dernier de s'en aller.

– J'ai pas besoin de ton aide, ça concerne que moi cette histoire.

– Alors si ça concerne que toi, j'aimerais quand même te dire quelque chose.

Maël souffla et regarda de nouveau son frère, les sourcils en v.

– Je connais rien au monde de l'écriture, mais j'ai vu quelques interviews. Ils parlent tous d'écrire avec leur cœur. Peut-être que tu penses trop et que tu donnes pas à ta tête un peu de repos ? Suggéra-t-il.

Le plus jeune ne sut quoi répondre face aux dires de son aîné, baissant la tête automatiquement. Pour une fois, il fallait qu'il admette qu'il n'avait pas tort. Son esprit ne cessait de travailler, il ne lui accordait aucune pause. Peut-être qu'en effet, dans l'écriture il ne s'agissait pas de penser, mais d'écouter ce que notre cœur nous donne ? Ce qu'il ressent ? Son fonctionnement, son mécanisme devait être la priorité pour trouver les mots justes et ne pas laisser l'inspiration s'échapper. Voilà la solution.

Il releva sa vision et l'ancra dans la sienne. Un sourire s'afficha sur les deux visages.

– Merci, dit Maël, tout en rejoignant sa chaise pour s'y remettre.

Arthur acquiesça et s'en alla, fermant la porte afin de permettre à son cadet de trouver le repère de l'imagination.

Devant sa feuille, Maël approcha ses phalanges vers son torse et les déposa sur l'emplacement de son cœur, ressentant alors chaque battement, chaque bulle comportant une émotion qu'il avait tant évité de connaître. Ce cœur, qui était opprimé par le mensonge, venait à cet instant de revivre, vibrant intensément. Une larme s'échappa de ses yeux pour courir jusqu'à son cou, puis une autre et encore une. L'épisode en compagnie de John avait été révélateur et l'astre de son intérieur en gardait le souvenir. Ce moment où les mots avaient trouvé refuge au sein de son esprit et que son cœur empêchait toute évasion, tant que la vérité n'avait complètement fait surface.

L'étudiant comprit ainsi le but du ressenti grâce à ce simple toucher. Son coeur, il vibrait ! Il se transformait en pétales de rose, virevoltant au gré du vent, sans se soucier du lendemain. Il s'envolait en direction du pays des rêves, accueilli par Morphée et ses compatriotes. Maël revivait. Un sentiment pur de liberté permettait à ses ailes de se jeter dans le vide et de distinguer la lumière des rayons flamboyants du soleil. Accompagné par de petites bestioles féeriques, il s'imagina en train de flotter au-dessus des nuages et d'en attraper quelques-uns pour les collectionner. Il en ferait des bouquets de ces objets volants ressemblant à du coton et les donnerait à John.

    Apparaissant soudainement, sa conscience lui caressa l'épaule, l'aida à attacher les fleurs célestes et s'envola. Ce n'était pas un aurevoir, mais cela ressemblait davantage à l'histoire d'un rêve qui ne possédait pas de fin.

    Sans une once d'hésitation, il rechercha son stylo, le prit entre ses phalanges et déposa sa pointe sur le papier. Le syndicat de l'imagination l'avait hébergé, et accepté dans ses bras fins et réconfortants.

    Cette fois-ci, les mots ne se cachaient plus. Ils parlaient et étaient prêts à rejoindre la valse du chant de son cœur.

Chapitre 17

Son cœur palpitait, ses membres tremblaient à l'unisson, faisant un orchestre silencieux.

Face à la tombe de sa cadette, John croyait voir flou tant le moment venu avait laissé place au déni. Il regardait droit devant lui, les larmes dans le coin de ses yeux. Habillé de noir, il s'approcha du cercueil et s'écroula au sol. Elle devait certainement être en paix là où elle se situait, Bérénice le lui avait dit. Seulement, observer cette boîte faite de bois contenant son corps fébrile et bleu à cause de la mort était difficile. Le professeur ne pouvait le démentir.

Sa main se positionna sur le sarcophage froid et il murmura des paroles qu'il était le seul à comprendre, demandant pardon aux cieux pour son inattention. Le poids était devenu plus léger depuis leur adieu. Pourtant, face à la situation, John ne pouvait s'empêcher de retrouver cette peine pour se sentir plus vivant. C'était automatique, un mécanisme fonctionnant en autonomie, sans l'aide de son fabricant. On aurait dit un pantin contrôlant ses propres gestes. Drôle d'image, devaient penser les dieux.

Vivre de nouveau cet épisode semblait bien plus insupportable qu'il ne l'avait imaginé. Partie l'autre jour, la culpabilité revint, accompagnée de ce sentiment insoutenable créé par la faucheuse. Les pleurs étaient son unique remède contre la souffrance. John était comme un enfant que l'on devait réconforter à tout prix pour éviter l'inévitable. Il savait que retenir les larmes ne servait à rien, qu'il fallait exploser pour que le désespoir de notre cœur se fasse entendre. Sans pleurs, ce dernier meurt atrocement. Il se serrait de plus en plus fort devant le cercueil désormais complet.

Retrouver le cimetière n'avait jamais été une partie de plaisir, c'était effroyable pour l'enseignant. Faire face à la réalité empoisonnait son corps, rongeait l'entièreté de ses membres pour les transformer en de vulgaires restes, sans vie et sans conscience. Tant ses pensées tourmentaient son esprit, il ne remarqua pas des phalanges lui caresser le dos. Il tourna la tête, William souriait.

– Je dois y aller, reste aussi longtemps que tu le souhaites, Jo'.

Le principal concerné se releva, sécha ses sanglots et nia.

– Son enterrement est passé et je sais qu'elle repose en paix, répliqua John, un faible sourire au visage. J'avais simplement besoin que le monde parte pour me recueillir seul et exposer ma peine, la main sur sa tombe. Je pense qu'il me faudra du temps avant d'y retourner.

Son regard se posa sur son camarade.

– Merci d'être resté.

La main de son meilleur ami se dirigea jusqu'à son épaule dans le but de lui montrer son soutien, encore une fois.

– Je serai toujours là, rappelle-toi.

Ils se sourirent mutuellement et s'offrirent une douce étreinte. Les deux amis se donnèrent rendez-vous en fin de journée pour profiter du bon temps après cette rude épreuve.

John se dirigea vers son habitat. Quant au proviseur, il s'en alla en direction de son établissement.

Lorsqu'il pénétra dans la salle réservée aux professeurs, William vit l'une de ses collègues le saluer, un sourire aux lèvres. Ce dernier s'approcha de la jeune femme.

Tous deux se firent une brève accolade et discutèrent de banalités. Le fameux sujet revint.
– Comment va John ?
Le proviseur soupira.
– L'enterrement de sa sœur a eu lieu ce matin, il est déstabilisé, répondit William d'une mine triste.
– C'est normal, dès qu'il se sentira prêt à revenir, je serai là pour le soutenir.
Une main se dirigea vers son épaule.
– Je pense qu'il a besoin de temps, Clara, il n'est pas encore à l'aise pour en parler. Attends qu'il se confie à toi, répliqua William, d'une voix douce.
La jeune femme acquiesça et se resservit une tasse de café. Soudain, quelqu'un frappa à la porte. Les deux adultes se regardèrent. Qui pouvait bien les déranger à cette heure-ci ? Le proviseur posa son sac et s'en alla ouvrir la porte.
Il tomba nez-à-nez avec un garçon aux cheveux noirs, au teint pâle et à l'expression impassible. Les cernes marquées en-dessous de ses yeux devaient sûrement être à cause de sa fatigue constante. Qu'avait-il bien pu faire pour être aussi épuisé ?
Ce dernier admirait le sol avec timidité, ne sachant quoi dire et triturant une enveloppe entre ses phalanges. William avait la grande habitude de ne rien démontrer, de rester neutre face à n'importe quel élève, mais après l'évènement passé, cette attitude se rompit. Un sourire s'afficha sur son visage.
– Oui, jeune homme ?
Le plus jeune souffla et tendit doucement le papier en relevant la tête.
– Vous pouvez donner cette enveloppe à Monsieur Kid ?
Le proviseur acquiesça et lui offrit un douce mine pour que le garçon ne soit pas perturbé par son comportement

habituellement sévère. L'élève s'apprêta à partir lorsqu'une voix retentit, faisant stopper les mouvements de son corps.
— Quel est votre nom ? Demanda William.
Le plus jeune baissa la tête de nouveau.
— Maël Bring, murmura-t-il, comme s'il souhaitait que personne ne le sache.
Après la déclaration de son prénom, Maël s'enfuit et laissa William, scrutant l'enveloppe qui était disposée entre ses doigts. D'une calligraphie qu'il ne voyait pas souvent, cet étudiant avait inscrit le nom de son meilleur ami. Ce Maël possédait une belle écriture, le proviseur ne pouvait le nier.
Celui-ci se retourna pour faire face à sa collègue, qui au contraire, n'avait pas la même expression que lui, un mélange de surprise et de tendresse. Il s'approcha de cette dernière.
— C'est l'un de tes élèves ?
Elle hocha la tête.
— Je ne l'ai jamais vu aussi timide, répondit-elle, les lèvres étirées vers l'extérieur.
Le supérieur afficha un rictus, puis déposa son regard sur la lettre. Que pouvait-elle contenir ? Il n'en savait rien et ne souhaitait pas découvrir son contenu. Seul John devait la déchiffrer, comprenant chaque mot employé et attaché au papier comme un aimant, où la mélodie des cœurs était jouée. Son camarade était l'unique être à comprendre le mécanisme de la poésie et à transformer l'existence d'un mot afin de le rendre vivant, de trouver le souffle d'Hermès pour donner à ces mots la plus belle chose. L'espoir.
John faisait vivre la littérature, il la comprenait et ne formait qu'un avec elle. Cela, William l'avait bien vu depuis fort longtemps. Le proviseur s'en alla en direction de son bureau, saluant sa collègue au passage, pénétra dans la pièce et s'assit sur son fauteuil. Il lui donnerait cette lettre qui, à l'évidence, changerait le fonctionnement du temps.

John regardait droit devant lui, fumant une énième cigarette afin de combler le malheur de son cœur qui ne battait presque plus. Il ne ressentait pas les mêmes battements, cet *astre d'intérieur* avait été opprimé par la peine sans prendre le temps de cicatriser face à la violence. Ce cœur qu'il avait tant apprivoisé ne voulait plus reprendre son envol en direction du pays de la fantaisie. Il restait là, à observer le vide en ne prenant pas le temps de garder ce qu'il aimait appeler le choix de *l'essai*.

John tentait de lui redonner courage, mais il apercevait bien le désespoir de ce dernier. Alors, lui aussi avait décidé de se vider de tout sentiment pour ne plus souffrir, approchant mécaniquement le bâtonnet de tabac vers ses lèvres et aspirant ce poison dont il était éperdument dépendant.

Le crépuscule naissait peu à peu, le soleil s'en allait et le professeur le lui reprochait. Il voulait qu'il reste pour son âme afin de lui apporter un réconfort léger. Sa vision percuta celle de sa sacoche. L'enseignant l'attrapa et un livre tomba sur ses pieds.

Pour une nuit d'amour d'Emile Zola.

John se surprit à posséder une telle nouvelle, ne sachant pas comment l'ouvrage avait fait pour se retrouver dans son sac. Sûrement un signe d'Eulalie.

Il ouvrit le récit du grand écrivain et ne put détacher ses yeux des mots, essayant de trouver l'étincelle de la passion. Rien ne venait, elle avait décidé de prendre un train pour se diriger vers le pays du bazar, l'abandonnant comme un vulgaire pantin. John balança l'objet à travers son salon et soupira. Remarquant que sa cigarette venait de rendre l'âme, il s'empressa d'en allumer une autre. Dépenser son argent ne serait pas un problème, tant que la nicotine restait à ses côtés.

Soudain, quelqu'un frappa à sa porte. Addiction entre les phalanges, il s'en alla vers les bruits et ouvrit, sans grande surprise, à son invité préféré. William lui offrit un tendre sourire, qui apaisa la douleur de son cœur.

– Puis-je entrer ?

Secouant sa tête, John laissa son ami pénétrer l'appartement et ferma la porte. Ils s'installèrent sur le canapé, sans dire le moindre mot. Ils attendaient que le calme décide de partir. Ayant marre de donner du pouvoir au silence, William se tourna vers son camarade et lui caressa l'épaule.

– Comment te sens-tu à présent ?

John haussa les sourcils rapidement et écrasa sa cigarette sur le cendrier.

– Je ne sais plus quoi penser, avoua le jeune homme, désemparé par le manque d'humanité que son corps dégageait.

– Je pense comprendre, répondit William d'une voix compatissante. Tu ne crois pas que dormir pourrait t'aider ?

L'enseignant soupira.

– Je la revois chaque fois dans mes rêves, alors je ne crois pas que le repos soit la clef.

Si son ami n'était pas là, John éclaterait en sanglots.

Voyant la souffrance de son meilleur ami et jetant un coup d'œil sur son sac, le proviseur eut une idée.

– Je pense que ceci pourrait t'apaiser, déclara William, tout en attrapant l'enveloppe de sa sacoche.

John regarda son ami d'un air perplexe, avant de reconnaître l'écriture. Cette plume lui était tout bonnement familière. Son nom, pourquoi était-il inscrit ? La véritable question qui trottait au sein de son esprit était de savoir pourquoi Maël lui avait écrit. Que voulait-il lui reprocher de nouveau ? Peut-être que son élève avait préféré oublier leur exercice, cracher son venin et exprimer ses adieux ? Que cherchait-il ? Malgré sa fierté presque inexistante depuis quelques jours, le professeur tentait de comprendre le pourquoi du comment, espérant soulager la peine de son cœur.

Il déposa le papier sur sa table basse et plongea son visage dans le creux de ses mains.

– Tu devrais la lire, cette lettre, dit William avant de lui faire comprendre qu'il avait un appel à passer.

Le professeur acquiesça, puis ressortit de nouveau une cigarette.

Fumer, fumer et encore fumer. Voilà ce dont il avait besoin.

Son regard se dirigea vers l'enveloppe, qu'il observa, sans bouger, durant quelques minutes. L'ouvrir ou bien rester face au silence du temps ? Un dilemme compliqué pour John. Secouant sa tête de gauche à droite, il alluma la cigarette et aspira une grande bouffée de tabac pour se sentir soulagé, ce poison étant parti trop longtemps.

Scrutant toujours la lettre, l'envie de déchiffrer l'entièreté du papier envahissait son corps sans qu'il ne puisse le contrôler. Un raclement de gorge fit sortir le professeur de ses songes.

– Eloïse m'attend pour le dîner. Ses parents seront présents ce soir, annonça-t-il d'un ton désolé.

John acquiesça et accompagna son ami jusqu'à la porte. William s'apprêta à partir, lorsque ses mouvements se figèrent. Ne comprenant pas l'arrêt de son camarade, John fronça les sourcils. Une voix rompit le calme.

– J'espère que cette lettre t'aidera, dit-il simplement, avant de saluer l'enseignant et de se diriger vers le monde extérieur.

Le professeur resta perplexe, ferma la porte et s'avança vers l'une de ses fenêtres pour faire partir l'odeur du tabac qui régnait dans l'air. Ne sachant pas quoi penser ni quoi dire face au papier, il se laissa porter par le vent de décembre. Peut-être que ce dernier pourrait lui souffler les réponses ?

Rallumant le bâtonnet de nicotine éteint à cause du temps hivernal, John observait la lettre. Ses yeux ne souhaitaient pas quitter cet ensemble de mots qui l'intriguait. Cette attention, bien qu'il n'en prenne pas vraiment conscience, serait sans doute l'une des plus belles. Fermant les yeux tout en soupirant, il termina de fumer sa cigarette et attrapa l'enveloppe avec crainte, comme si les mots inscrits pourraient le replonger dans un état second, un état méconnu aux yeux de son cœur. Cette lettre, Maël le lui avait écrite. Allait-il faire face à la souffrance afin d'être le jouet du juge de la méfiance ? John n'en savait rien.

Pour Monsieur Kid.

Voilà la phrase inscrite.

En compagnie d'un courage sans nom, il déplia le papier et découvrit d'immenses paragraphes, quelques tâches de sanglots et un soupçon de bienveillance. Ainsi, débuta sa lecture.

Cher Monsieur Kid,
Les mots me manquent lorsque je vous écris sans en comprendre la raison. J'essaye, mais je ne suis pas doué. Les mots partent et je leur demande pardon pour ne pas être à mes côtés quand je vous dis tout ceci. L'art n'a jamais été mon plus grand point fort, j'ai tenté d'aimer ses recoins mais je me perds à chaque fois. Je n'ai jamais su éprouver, aimer la carapace de mon âme puisqu'on m'a toujours affirmé qu'il fallait que la haine remporte le combat. Cette guerre que je connais depuis ma conception, ce fléau qui nous empêche de

connaître notre cœur, celui que vous aimez appeler notre "astre d'intérieur", connaissez-vous ce sentiment ? J'aimerais vous entendre me le dire, mais je ne sais pas où vous vous situez. La culpabilité n'est pas l'émotion recherchée, monsieur, soyez-en conscient. J'ai l'impression de croiser l'éternel fantôme du jugement me regarder en votre absence, je ne sais comment décrire ce ressenti.

Je ne savais pas par quoi commencer tant les mots s'emmêlaient au sein du trou béant de mon cœur. J'ai alors demandé conseil à mon frère, Arthur, qui m'a dit de parler avec lui, ce cœur. Tout à coup, la chose est devenue plus simple. Sachez que je l'avais compris depuis fort longtemps, mais me retrouver face au papier me terrorisait. J'en perdais tout moyen et je ne comprenais plus mon esprit. J'étais berné par la peur et la violence du passé riait devant mon incompétence. Pourquoi est-ce si dur de s'exprimer ? Répondez-moi, monsieur.

Je vous adresse ici ma plus grande honnêteté et je ne vous demande aucune explication. Je me laisse simplement porter par le vent du sentiment et espère votre retour. Je ne connaissais pas l'émotion. Néanmoins, depuis votre arrivée, je commence à comprendre son but. Elle se cache parfois derrière des barrières que l'on refuse, malgré nous, de briser. Pourtant, lorsqu'on décide de franchir le pas, la vision nous semble plus belle, plus colorée et remplie de sens. Voilà ce que vous m'avez apporté.

Vous représentez l'espoir que je n'ai jamais pu acquérir tout le long de mon existence. Vous êtes la douceur qui répare les cœurs trop fissurés par le jugement du temps. Vous êtes celui qu'on surnomme "le protecteur des âmes". Vous avez réussi à couvrir mes blessures pour les transformer en de merveilleuses étincelles qui n'enflamment pas les herbes sèches, mais qui les regorgent de vert. Vous êtes l'être qui parvient à atténuer les souffrances, **mes**

souffrances. Écrire est une manière simpliste pour moi de vous dévoiler mon coeur.
Révéler les secrets les plus anciens revient à demander un grand courage. Je pense y arriver, grâce à vous. Vous m'avez fait comprendre le désir et l'objectif d'une vie. Sans votre présence, ma quête vers l'impossible ne peut pas être menée. Il faut posséder du cran dans le but d'obtenir les clefs de la joie. M'aideriez-vous à trouver le chemin de la guérison ? Je ne vous demande pas l'entièreté de votre persévérance, simplement votre humble avis sur la question.
Je ne connais pas la raison de votre absence, cependant je suis persuadé que vous gagnerez la guerre. Ne perdez pas espoir, croyez en vous comme moi.
J'espère avoir de vos nouvelles et de vous revoir parmi nous,

Votre élève,

Maël Bring.

Le silence apparut, peut-être que de petites larmes naissèrent, mais elles restèrent dans l'ombre.
John enleva son regard, brouillé par les sanglots, du papier afin de mieux respirer. Sans en comprendre le sens, un battement fit son apparition.
Boum.
Le mécanisme de son cœur remarchait. Il approcha sa main de sa cage thoracique et ferma les yeux. Sentant son *astre d'intérieur* battre, il sourit. Sa conscience, le jugeant avec bienveillance depuis un long moment, s'approcha et le prit dans ses bras. Comment Maël avait-il réussi à faire parler son coeur ? John ne parvenait pas à réaliser ce qu'il venait de

lire. Son étudiant avait laissé le mensonge partir pour le remplacer par le syndicat de l'honnêteté et il en était fier.

 Malgré les petites perles salées tombées durant le voyage, le garçon n'avait pas emprunté le chemin de la facilité qui devait rendre son affrontement avec l'émotion plus agréable. Maël avait tenu bon devant le juge du phénomène *sentiment* et prouvait ainsi que l'impossible pouvait être rangé dans la case *réalisable*. Ce jeune homme, lorsque John pensait être au bord de la falaise du retour sur terre, avait démontré que le rêve demeurait existant.

 En lisant chaque mot, le professeur devenait de plus en plus admiratif face au courage de son élève, qui osait affronter le magistrat de l'imaginaire, celui qui apportait à l'âme du bonheur et de la vérité. Même les songes commençaient à perdre leur esprit pour obéir à la réalité. Pourtant, Maël avait réussi à convaincre le tribunal du fantastique.

 Allumant une nouvelle cigarette, John rit aux éclats et reconnut l'espoir le saluer pour un retour définitif.

 Monsieur Kid était bien de retour dans le monde de la fantaisie. Maël y était parvenu, il avait apporté l'âme d'un professeur auparavant vide de sens qui, à cet instant, semblait reconnaître le phénomène *humanité* et *sentiment*.

Chapitre 18

L'angoisse. Une émotion empêchant toute communication et rationalité. Voilà une semaine que Maël avait franchi les barrières de son cœur. Il avait dévoilé ses secrets en empruntant le chemin de la difficulté. Les démons protégeant le syndicat du mensonge avaient combattu. Pourtant, le garçon, par les mots, était parvenu à leur donner tort. Son cœur avait retrouvé ses battements et le refus avait pris son envol pour un nouveau départ. Était-ce compliqué ? Plus qu'il n'aurait pu l'imaginer.

Maël pensait être jugé pour une action qu'il avait faite par nécessité, mais qui représentait le retour de ses peurs les plus enfouies. Néanmoins, son *astre d'intérieur* battait et ne lui faisait pas mal, il possédait même la bienveillance d'appeler sa conscience dans le but de soulager son effroi face à l'inconnu, ses émotions. Ce phénomène qui se nommait *sentiment* aidait le monde comme il l'avait toujours pu et prenait l'entièreté d'une âme pour la transformer en quelque chose d'autre, quelque chose de magnifique et de dangereux.

La complexité devenait intenable lorsque les battements de son cœur se faisaient trop puissants pour être maîtrisés. Sur ce papier qu'il ne disposait plus, l'entièreté de son âme était inscrite, comme si le garçon avait souhaité retranscrire cet état afin de s'en souvenir, d'être convaincu que le mensonge ne rattraperait pas la vérité pour l'obliger à tenir un discours qu'elle n'accepterait pas. La preuve de son ressenti, lui-même avait du mal à croire en son cœur. Tant l'oppression du passé continuait de dire le contraire et de rappeler la douleur, que Maël se demandait si cette lettre avait été une bonne idée.

Monsieur Kid n'avait pas donné de signe de vie et l'établissement ne leur avait rien dit au sujet de son retour. Avait-il tout fait échouer ? Il y pensait fortement. Pourtant, l'honnêteté l'avait accompagné, afin d'être sûre que son protégé réponde aux critères de la sincérité et l'étudiant pensait avoir réussi avec brio. Néanmoins, le temps n'aidait pas. Il empirait la situation.

Des mains firent de grands gestes, aidant l'étudiant à sortir de ses songes.

– Maël, tu m'écoutes ? Demanda Ayden, d'une voix douce.

Le principal concerné nia.

– Depuis une semaine, t'es ailleurs, alors je commence à m'y habituer, remarqua-t-il en souriant.

– Je suis désolé, Ayden, répondit Maël. C'est juste que-

– Kid te perturbe, je sais, l'interrompit son congénère.

Sentant le reproche venir jusqu'à lui, l'étudiant baissa les yeux face à la honte. Il ne supportait plus d'oublier la présence de son ami pour se réconforter dans son esprit, près de sa conscience qui le berçait tendrement. Mais il ne pouvait pas faire autrement. Les voix dictant le négatif de son action ne se taisaient pas, malgré la présence de la bienveillance. Elles restaient là, à lui indiquer le pire, afin que l'imposture reprenne sa place d'origine.

– C'est pas pour te rendre coupable, c'est juste que-

– Que t'en as marre que j'me comporte comme ça, je sais 'Den, l'interrompit Maël, d'un ton autoritaire qui fit peur à son camarade.

Le silence s'installa sur une chaise et regarda les deux amis, riant calmement pour que personne ne soit au courant de sa conduite. L'un perturbé par l'absence et l'autre démuni face à la pensée. Avaient-elles effectué un pacte pour empêcher l'entente de venir ? Aucun ne le savait et n'était prêt à l'entendre.

Un raclement de gorge fit partir le calme.

– Le lait à la banane pour monsieur, s'écria la serveuse.

Elle déposa devant Maël la boisson commandée.

– Et le cappuccino pour vous, termina-t-elle.

Elle posa la tasse face à l'autre qui la remercia d'un hochement de tête.

Chacun prit le temps de commencer la dégustation, acceptant ainsi la présence du silence. Gosier rassasié et esprit embrouillé, les deux amis se dirigèrent, après avoir payé leur dû, vers la sortie du café. Ayant l'intention de couper cette tension, Ayden prit la main de son meilleur acolyte dans la sienne et courut en direction d'un petit parc. Maël, étant emporté par la force de son ami, sourit faiblement. Lorsque le calme devenait pénible, l'un ou l'autre brisait le froid pour réchauffer les cœurs et guérir les blessures. Un regard ou un geste parvenait à gagner.

Courant contre le vent, ils s'arrêtèrent à bout de souffle et s'assirent sur un banc. Tant le malaise devenait parfois gênant, qu'à chaque fois leurs regards se trouvaient et le rire prenait place. Pourtant, à cet instant, la douceur remplaçait l'explosion joyeuse.

Des doigts vinrent se poser sur l'épaule de Maël, et ce dernier se retourna. Voyant le sourire de son meilleur ami, le garçon crut fondre en larmes tant l'émotion devenait compliquée à maintenir et à contrôler pour son pauvre cœur. Ayden, observant les yeux verdâtres de son camarade, d'un coup de tête, lui donna la permission de lâcher prise et de venir près de lui afin que le monde ne découvre pas ses larmes et sa tristesse.

Le principal concerné nia de la tête et essuya les perles salées qui s'apprêtaient à basculer vers ses joues rosées par le froid.

– Je suis désolé et je sais bien que tu voulais pas me rendre coupable en disant ça, commença Maël, le regard tendre. J'ai juste l'impression d'avoir empiré la situation avec cette lettre.

Ayden hocha la tête, en contredisant les propos de son meilleur ami.

– Est-ce que tu l'as écrite avec ton cœur ?
– Oui.

Un rictus s'afficha sur le visage du plus âgé.

– T'as donc ta réponse. Si j'ai bien compris les goûts de ton prof, il adore les déclarations provenant des cœurs. Pourquoi est-ce que t'aurais empiré la situation si tu lui as donné ce qu'il aime ? T'avances pas sur un futur qui existe pas.

Maël acquiesça, Ayden avait raison, après tout. Le destin ne devait pas embêter son esprit. En revanche, il comprit que ceci semblait plus facile à dire qu'à faire. Le jeune homme sentait la culpabilité qu'on lui avait offerte lors de sa naissance le ronger chaque jour. Pour couronner le cadeau de ses parents, le mensonge avait marché jusqu'à la porte du syndicat de ses émotions, imposant par la même occasion une dictature, **sa** dictature. Cette volonté de baisser la garde face au maître de son ressenti qui, depuis le commencement, attendait respect et nourriture de la part de ses sujets. Cette nourriture qui dévorait la force du garçon.

Ainsi, Monsieur Kid avait permis au jeune homme de battre l'imposteur de son corps et de revenir à sa place d'origine, son unique place.

Sans s'en rendre compte au départ, il adorait cette position de dirigeant qu'il prenait sur son cœur, le maître de sa propre émotion. John le lui avait redonné, la liberté du monde de son *astre d'intérieur*. Peut-être qu'Ayden avait raison, le garçon ne devait rien se reprocher. Pourtant, les angoisses restaient et n'étaient pas préparées à bouger.

L'horloge du centre-ville vint couper le fil de ses pensées. Regardant ce maudit objet avec mépris, il se tourna vers son meilleur ami.

– Je vais devoir y aller, annonça Maël d'une triste voix, voulant rattraper le temps manqué avec le principal concerné.

– T'as rien à te reprocher, je dois, moi aussi, retourner en cours donc t'inquiète pas, le rassura Ayden, caressant sa main avec bienveillance.

Les deux amis se sourirent, se levèrent et s'offrirent une accolade bien méritée. Maël serra de toutes ses forces son meilleur ami, qui fit de même. Malgré les silences, les disputes et les non-dits, rien n'était en mesure de couper le lien qu'ils entretenaient, c'était impossible. Le monde pouvait choisir la guerre et forcer la violence à ouvrir le combat, leur amitié remportait chaque bataille menée. La vie avait certes été couverte de malheurs. Néanmoins, l'amour qu'ils se portaient restait intact, un fil imbrisable sous les yeux colériques du juge de l'animosité.

Maël se dirigea seul en direction de l'établissement scolaire, insérant dans ses oreilles, pour passer un trajet agréable, ses écouteurs. Cherchant une musique sur son cellulaire, il avait oublié qu'il était tout près du lycée.

Le garçon pénétra dans l'enceinte du bâtiment, essaya de trouver un endroit pour s'installer en attendant la sonnerie et fut interrompu par la présence du proviseur, l'appelant au loin.

– Monsieur Bring !

Maël arrêta tout geste, se retourna et vit son aîné lui tendre une enveloppe. Il le regarda, perplexe. Qui avait pu lui envoyer une telle lettre ? L'écriture inscrite sur le dessus du papier blanchâtre ne lui était pas méconnue, il la reconnaissait.

Voyant l'élève surpris de ce présent, William sourit.

– J'ai transmis votre lettre à Monsieur Kid, il m'a dit de vous remettre ceci en échange de votre geste.

Les joues de l'étudiant devinrent rouges. John avait donc bien lu la lettre, cela ne le rendait pas indifférent, bien au contraire ! Depuis combien de temps n'avait-il pas ressenti une telle joie, qu'il en perdait le contrôle de son cœur ? Bien longtemps. Si sa mémoire ne lui jouait pas des tours, l'émotion était similaire au jour où son professeur avait accepté de le prendre dans ses bras. Les pétales de roses du tourbillon du bonheur qu'éprouvait son âme revenait et ceci ne lui déplaisait pas.

En ne connaissant pas le contenu mais le titre, cette lettre réchauffait son coeur. Monsieur Kid était en vie et n'avait pas démissionné. Son esprit était soulagé.

Un rire fit dévier son regard de l'enveloppe pour le poser sur le plus âgé.

– Ne la regardez pas longtemps, je sens que vous allez tomber ! Remarqua le proviseur.

Maël était donc le seul élève à s'inquiéter. Cela, William ne le négligeait pas. Il allait même apprivoiser ce garçon afin qu'il puisse lui aussi être sauvé. Dans son regard, malgré son air impassible, on parvenait à connaître la présence de lourdes cicatrices.

Secouant sa tête de haut en bas, le plus jeune attrapa la lettre tendrement, où il put lire les mots suivants :

Pour Maël Bring.

Voilà la première fois que son enseignant écrivait son prénom. Un sourire apparut sur son visage. La sonnerie coupa la bulle de bonheur de l'étudiant, qui soupira.
– Vous devriez y aller.
Maël acquiesça, puis se dirigea vers sa salle de cours, remerciant son aîné lorsque ce dernier le retint quelques secondes.
– Je tenais à vous le dire, puisque je sais que vous êtes bien le seul à vous soucier de son état. Monsieur Kid revient dès lundi.
William laissa à son interlocuteur un instant pour réaliser ses mots. Maël sourit face à la nouvelle. Son enseignant revenait et rien ne pouvait perturber le bonheur qui s'installait tranquillement, réconfortant la peine de son cœur.

D'un pas plus que pressé, Maël marchait en direction de son appartement. N'ayant pas eu le courage d'ouvrir l'enveloppe auparavant, il se dépêchait d'arriver à destination pour découvrir le papier que le chef de son établissement lui avait confié.
Face à sa porte, il l'ouvrit en vitesse, courut jusqu'à sa chambre sans prendre le temps de saluer son frère et s'y enferma, espérant intérieurement que personne ne viendrait le déranger. Sautant sur son lit, Maël attrapa son sac à dos, chercha la lettre et la trouva, un sourire discret aux lèvres.
L'angoisse reprit le dessus, elle piétinait l'envie d'en savoir plus pour la transformer en peur. Déviant son regard vers son bureau, il vit sa conscience lui adresser une mine douce et réconfortante. Puis, sa vision percuta l'écriture de son enseignant. Une calligraphie qui lui correspondait bien,

faite d'incompréhension et de folie, chahutant les lois du domaine pour faire découvrir au monde une once de renouveau.

— *Ouvre-la*, lui répétait l'âme bienveillante.

Soufflant un bon coup et fermant doucement les yeux, le jeune homme déchira le haut de l'enveloppe délicatement et enleva le papier plié en deux.

Sa vision découvrit un univers qu'il croyait avoir perdu de vue et la douleur s'estompa en un instant.

Cher Bring,

Je ne sais quoi dire face à vos mots qui m'ont tout simplement fait oublier le malheur et la dure épreuve que je traverse en ce moment. Je tiens à vous présenter mes excuses pour mon manque de réaction devant votre geste que j'ai trouvé imprévisible et magnifique. Expliquer la raison de mon absence sur une feuille de papier serait bien trop inutile. Rien ne vous oblige à accepter, rappelez-vous ceci, mais je pense que cela serait plus simple. Je vous invite samedi après-midi, à quatorze heures trente, chez moi, afin d'être en mesure de vous remercier. Vous trouverez mon adresse au dos de la lettre.

J'espère que vous vous portez bien.

Soyez indulgent envers vous-même, Bring. N'imaginez pas le pire lorsque le meilleur vous tend la main.

Bien à vous,

John Kid.

Sans même que son esprit prenne conscience du sentiment prospère qui l'envahissait, Maël relisait la lettre en boucle. Non pas parce qu'il ne comprenait pas la calligraphie du plus âgé, mais parce qu'il n'en revenait pas. Les questions entremêlaient ses pensées, les unes avec les autres. C'était une vraie course contre le temps. Face à la vitesse de sa réflexion, ses idées n'avaient pas de pause. Si John assistait à cela, il en aurait ri. Les interrogations ne jugeaient pas la rapidité, elles suivaient simplement le mouvement avec la force que leur donnait le bonheur de son cœur.

Le garçon cherchait les réponses aux questions invisibles du papier. Pourtant, le toucher de sa conscience permit à la course dans son esprit de se calmer, de ne plus exister. Son regard se tourna en sa direction et le brouhaha de ses angoisses s'estompa.

– *Il est là et il n'a pas abandonné ce que vous avez créé*, lui avoua-t-elle, d'une voix douce. *Il ne t'a pas lâché.*

Son esprit put enfin se rendre compte de la prospérité que lui apportait cette lettre. Il tourna le papier et découvrit une adresse.

Le cœur apaisé et l'esprit rassuré, il approcha le papier de son cœur et sourit. L'imposture de son corps n'existerait plus désormais, John l'avait aidé à vaincre le mensonge. Le travail restant était certes impossible aux yeux du monde, mais pour l'*astre d'intérieur* des deux hommes, l'impensable ne devait pas être dit ou vécu afin d'en comprendre la signification. Il fallait posséder ce que Maël connaissait enfin. Cela s'appelait *l'espoir*.

Chapitre 19

Les battements d'un cœur, lorsqu'ils deviennent incontrôlables, se transforment en une tempête que l'âme ne peut pas diriger.
Boum, boum, boum.
Faisant les cent pas au sein de sa chambre, Maël avait l'impression de sentir sa chair se fissurer, tant son cœur souhaitait sortir de sa cage thoracique. Il lui criait, tout excité, qu'il avait aussi besoin de respirer tant l'angoisse opprimait son mécanisme. Fallait-il être dupe pour comprendre que la raison de son état venait d'une lettre ? D'un simple rendez-vous donné ? Non. Sueur dégoulinant le long de son visage, l'étudiant se dirigea en direction de la salle de bain et respira bruyamment, entendant alors son cœur faire de même.

Le garçon observait son reflet à travers le miroir, s'accrochant au lavabo comme si son corps était prêt à lâcher prise face à la pression que lui imposait cette rencontre. Ses cheveux emmêlés, ses yeux tombant à cause de la fatigue, il ressemblait à un vampire rajeuni. Son teint pâle, qu'il tentait de masquer à l'aide du maquillage de sa mère, ne s'arrangeait pas, cela empirait ! Au bord du désespoir devant ses efforts, il baissa la tête, ferma les yeux et soupira bruyamment, attirant l'attention de son frère qui passait par là.

– T'en as pas marre de toujours soupirer en te regardant ? Demanda le plus âgé, d'une voix moqueuse.
Comprenant le sens caché de ce message, Maël se tourna vers lui, l'air sévère.
– J'ai pas dormi, ça te va ? Rétorqua le cadet, prêt à se disputer et vexé qu'une remarque s'incruste.
Arthur rit légèrement, avant de s'approcher du plus jeune.
– Maman nous a préparé un bon petit-déjeuner, annonça-t-il en souriant. Alors, mange et reprends des forces parce qu'en effet, ta mine fait peur à voir.
Sur ces derniers mots, Arthur s'en alla en direction du salon, laissant son petit frère face à une vision qui l'horrifiait. Son aîné n'avait pas tort, il faisait peur avec ses cernes tombant vers le sol et son visage qui donnait l'impression que les pleurs étaient passés. Ceci n'était pas complètement faux.
Tant la fatigue avait opprimé son cœur et que l'inconnu ne le rendait pas indifférent, il avait accepté le passage des sanglots pour libérer son caprice devant le monde de l'émotion. Tout était nouveau, le passé ne pouvait que s'incliner. Monsieur Kid avait laissé la barrière se fissurer et par ce geste, Maël se devait de lui en vouloir. Pourtant, son *astre d'intérieur* lui empêchait d'accueillir ce sentiment. John commençait peu à peu à sauver son mécanisme. Pour quelles raisons était-il en mesure de ressentir de la colère ? Sûrement parce que le garçon ne connaissait pas les conséquences du sentiment et qu'il était effrayé face à la vérité.
Soupirant de nouveau, il quitta la salle de bain pour s'avancer jusqu'au salon afin d'y découvrir le doux visage de sa mère, qui buvait son café, le sourire aux lèvres en voyant son fils. Cette nouvelle arrivée, qu'il pensait être une boutade de son frère, devint réelle. Ce visage, qui l'avait tant manqué, était à présent devant lui, rempli de bienveillance et d'amour. Pourtant, ne sachant comment réagir face à la situation, le

jeune homme sourit, il n'arrivait qu'à laisser cela passer, le reste demeurait impossible.

– Mel ! S'écria la plus âgée, accueillant le principal concerné d'une voix bienveillante.

– Bonjour, maman.

Il s'approcha et lui offrit une étreinte sincère qu'elle accepta.

– Je savais pas que tu devais revenir aujourd'hui.

Elle s'écarta de son cadet, caressa sa joue et ne put s'empêcher de sourire avec un air coupable au visage.

– Martin m'a laissé cinq jours consécutifs de repos, annonça-t-elle, espérant que cette nouvelle plaise à ses enfants. Je vais pouvoir profiter de vous un maximum !

Par cette annonce inattendue, le plus jeune écouta ses besoins et sauta au cou de sa mère. Peut-être que cette dernière était partie trop de temps pour que l'étudiant se rende compte qu'elle était à ses côtés ? Qu'après une absence brisant les cœurs, Maël avait eu l'impression de ne plus revoir sa mère un jour ? Sa conscience en était persuadée. Le garçon avait tant souffert du travail épuisant, qu'elle faisait que son cerveau avait pris le soin d'imaginer celle-ci, la prenant dans ses bras, lui souriant pour soigner les cicatrices de son cœur, lui caressant le visage pour soulager sa souffrance.

Ne s'attendant pas à une telle réaction de la part de son fils, la plus âgée resta paralysée, dans l'incapacité de bouger. Comprenant que sa mère n'était pas en accord avec son étreinte inattendue, Maël se retira et baissa la tête, honteux d'avoir franchi les barrières des principes de sa mère. Il avait brisé les anciennes lois de leur famille. Cette dernière n'était peut-être pas encore capable d'autoriser le phénomène *sentiment* à conquérir son cœur ? Prêt à partir pour se réfugier dans sa chambre, un bras empêcha toute action. Le jeune homme se retourna pour faire face à un visage où les larmes coulaient.

Les battements de son cœur ratèrent leur tour. Jamais, au grand jamais, sa mère n'avait cédé au chantage de la tristesse et celui de son cœur. Ce bel astre qui avait été opprimé par la peur. Elle aussi avait préféré tomber dans les mains du mensonge et refuser de croire en la vérité. Le piège de l'imposture de son corps prenait possession d'elle, sans qu'elle ne puisse refuser l'offre. Les normes qu'on lui avait imposées l'avaient rendue malade d'amour, craintive du bonheur et obnubilée par l'effroi. Sourire et garder une apparence sereine quand les yeux du monde observaient la situation. Pleurer et se pencher vers le trou du désespoir lorsque les regards étaient tournés.

Les lèvres de sa mère s'étendirent vers l'extérieur. Elle attira son plus jeune fils contre sa poitrine et laissa les larmes partir, un besoin devenu nécessaire désormais.

– Je suis désolée, j'ai été surprise de cette accolade, avoua-t-elle, d'une voix triste et sincère.

Resserrant davantage la prise sur son fils afin qu'il ne parte plus par peur d'avoir fauté et caressant son dos d'une main et son crâne de l'autre avec douceur, deux bras vinrent s'ajouter.

Les deux congénères découvrirent Arthur, en larmes, un sourire léger au visage, réconforter sa famille. Son unique famille, celle qui réchauffait les cicatrices prêtes à succomber au brisement et rassemblant les morceaux de son cœur déchu par le manque d'humanité et la violence.

– Je pouvais pas vous laisser pleurer sans moi, répondit-il aux regards avec ironie, entraînant le rire de tous.

Tant l'instant avait suscité la joie, Maël en oubliait son rendez-vous. Peu importait, sa famille était à présent réunie.

Son cœur, il s'affolait. Il s'emballait dans une danse que l'étudiant ne connaissait pas. S'arrêtant à plusieurs reprises sur son chemin, Maël angoissait et cherchait, malgré l'attitude enfantine de son cœur, l'adresse exacte de son professeur.

Cet *astre d'intérieur* n'en faisait qu'à sa tête, ne souhaitait pas coopérer et empêchait le garçon de trouver le bâtiment correspondant à la note inscrite sur le petit bout de papier. Qu'est-ce que son hôte lui en voulait ! De le faire passer pour un dégénéré qui ne sait pas prendre soin d'un cœur, de son mécanisme et de regarder toutes les minutes sa poitrine pour demander au principal concerné de la fermer. Les regards se posaient sur lui, l'interrogeaient face à son action peu commune et repartaient en se disant qu'il venait de faire la rencontre d'un échappé de l'hôpital du coin. Après tout, avaient-ils tort ? Maël ne pensait pas le contraire, mais s'en fichait.

Il possédait le droit inaliénable de s'adresser au maintien de son existence, cette chose qui lui criait d'innombrables questions dont il ne connaissait pas la réponse. Qu'est-ce que cela l'énervait et le faisait rire à la fois ! Ironique d'entendre les pensées d'un cœur, d'y trouver un sens humoristique et réaliste, de se plonger dans le monde de l'émotion pour y comprendre la lumière traversant les esprits. Il ne pouvait le nier, le jeune homme écoutait les nombreuses idées de son cœur et ne s'empêchait pas d'adorer le voir raisonner et partager ses idées farfelues dans son esprit. Pourtant, lui quémander de se taire semblait plus simple. Certes, plus ridicule, mais plus fiable pour rester concentré sur sa tâche ultime : retrouver le logis de Monsieur Kid.

– *C'est par là !* Lui dictait sa conscience, sachant très bien qu'un élément perturbateur déconcentrait le garçon.

Par miracle et surprise, Maël se trouva face à un immeuble peu charmant. Cela était étrange de découvrir que son professeur favori n'habitait pas dans un quartier splendide de Londres, mais plutôt dans un secteur de classe moyenne. C'était compréhensible. Le plus âgé était toujours habillé d'une façon laissant penser que sa richesse ne pouvait s'arrêter. Les apparences demeuraient trompeuses. Cherchant son nom et le trouvant après quelques secondes, Maël approcha l'un de ses doigts tremblants en direction de la sonnette et le retira, attendant qu'une voix retentisse pour lui ouvrir. Ce temps paraissait éternel. Que pouvait bien faire l'enseignant ? Avait-il oublié leur rendez-vous ?

Non, c'est pas son genre, pensa Maël.

S'apprêtant à appuyer une seconde fois, un grésillement fit stopper son action. Un frisson parcourut alors son échine.

– *Bring, est-ce vous ?* Demanda John, d'une voix grave.

L'étudiant déglutit et répondit, confirmant son identité. Sa voix, bizarrement, lui avait manqué.

– *Bien ! Montez jusqu'au troisième étage, je vous attends*, ajouta le plus âgé avant d'interrompre la conversation pour laisser place à l'ouverture de la grande porte face à lui.

Durant sa montée, Maël continuait à appréhender leur rencontre. Deux semaines sans le voir et une conversation uniquement par le billet des lettres. Qu'allait-il se passer ? Seul le destin possédait les réponses à ses questions. Son cœur, empêchant toujours son esprit à se focaliser, parlait encore et encore, faisant retentir sa voix à travers l'entièreté de son corps.

– Quand est-ce que tu vas te taire ?! Murmura, avec colère, le garçon, dépassé par les pensées de son cœur qui ne voulaient pas partir.

Elles profitaient de l'angoisse afin d'exprimer leur avis et leurs envies.

Dans d'autres circonstances, Maël aurait rigolé. À cet instant, il aurait adoré prendre la bouche de son cœur pour lui permettre un avenir meilleur que là où le monde avait décidé de sa place. Un futur où les idées pourraient obtenir leurs récompenses sans se soucier du juge du silence, un futur qui ne briserait pas les rêves et qui augmenterait le pourcentage de chance du premier envol vers le pays de l'imagination.

Un pied devant l'autre ramenait à la réalité le jeune étudiant, qui s'aperçut qu'il venait d'arriver. Son souffle se coupa. La porte était entrouverte, le moment se pointait sur le bout de son nez.

Lèvres sèches et mains tremblotantes, Maël ouvrit délicatement la barrière permettant d'accéder à un univers nouveau. De surprise en surprise, une odeur de tabac lui prit aux narines et il découvrit un salon désordonné où de grandes piles de livres étaient disposées. La pièce, baignée par la lumière de l'astre solaire, comportait un sofa, une table basse et de petites plantes qui avaient dû être oubliées depuis fort longtemps. On voyait les feuilles mortes tombées au sol. À l'entente du grincement de la porte, un homme se retourna légèrement, vêtu comme à son habitude d'une chemise et d'un pantalon beige, une cigarette entre les lèvres et l'air ailleurs.

Soudain, leurs regards se croisèrent. Tous deux reconnaissèrent l'autre et se sourirent mutuellement. Le plus âgé se leva de son canapé, invita d'un geste son élève qui ne pouvait s'empêcher de regarder de gauche à droite. Dans l'incompréhension, John rigola.

– Que cherchez-vous, mon garçon ?

Maël arrêta tout mouvement et se sentit démasqué.

– Si votre femme est là, je souhaite pas vous déranger, répondit le plus jeune, l'air timide d'énoncer de tels propos, baissant alors la tête vers le bas.

Un rire éclata à travers la pièce. John se dirigea en direction de la porte pour la refermer et, avant de se rasseoir, tapota l'épaule de son élève qui ne comprit pas. Pourquoi John rigolait-il ? Sa remarque ne possédait aucun trait d'ironie, il avait même été en état de gêne en posant la question. Vexé, il fronça les sourcils, tandis que l'autre continuait de rire faiblement.

– Je n'ai jamais été marié, Bring, avoua Monsieur Kid tout en allumant la cigarette qui se trouvait entre ses lèvres.

Comprenant enfin le rire du plus âgé et affichant une mine surprise, Maël s'en alla vers le fauteuil qui faisait face au canapé et s'y installa. L'odeur de la nicotine ne le dérangeait pas, elle lui donnait même envie. Regardant son professeur aspirer une bouffée de tabac, John remarqua que l'attention de son étudiant semblait focalisée sur sa cigarette. Il sourit et nia.

– Je ne vous proposerai pas ceci, mon garçon, dit-il, une mine franche.

– Pourquoi, monsieur ?

– Pas que je ne veux pas être le responsable de votre addiction, mais parce que j'estime que ce n'est pas à moi de vous demander si vous souhaitez y toucher. Vous êtes en mesure de savoir ce qui est bon pour vous et je ne suis pas à votre place. Ce serait odieux de ma part de vous interdire cela, alors que j'en suis éperdument dépendant. Que vous preniez ou non une cigarette vous regarde, Bring. Ma seule intervention possible est de vous prévenir, mais certainement pas de vous empêcher d'accomplir votre envie.

Sous les douces paroles de son enseignant, Maël remarquait petit à petit que son visage était plus maigre, qu'une épreuve d'une hauteur gigantesque avait dû lui barrer la route en direction du chemin de la paix pour laisser place aux malheurs. Il ne le pensait pas, il en était persuadé. Tout à coup, les paroles de son meilleur ami lui revinrent à l'esprit.

"*Son existence lui appartient et s'il avait besoin de se confier, ça te regarde pas.*"

Ce dernier n'avait pas tort, la vie de ce rêveur ne le regardait pas. Pourtant, l'envie d'y jeter un coup d'œil envahissait davantage son cœur. Écoutant alors les paroles de son aîné, il décida de suivre ses envies et de lui demander une cigarette. Le plus âgé acquiesça et lui tendit un briquet. Maël avait ses désirs, à lui d'en respecter le contenu.

Allumant le bâtonnet de nicotine et respirant le poison à présent à l'intérieur de ses poumons, son cœur crut trouver l'orgasme d'un délice ancien qui n'avait pas pu être évacué. Cela ne le fit pas tousser, simplement sourire de bien-être. Le tabac serait sa nouvelle dépendance.

Un silence, ne comportant pas la moindre gêne, s'installa. Les deux congénères fumèrent, écoutant les bruits provenant de la circulation tout en observant l'autre de temps en temps. Plaisir et calme résonnaient dans une symphonie comprise par les deux hommes. Rien ne pouvait perturber le bonheur qui envahissait les deux cœurs. Cette joie ressemblait à la musique du tourbillon du phénomène *sentiment*, cette mélodie comblant le monde sous une tempête de sensations affolantes, calmant les esprits par la douleur du passé et la souffrance de l'avenir. Voilà ce qu'éprouvaient les *astres d'intérieurs* des habitants du monde de l'imagination.

Pensant que le cœur du plus jeune demeurait apaisé, les questions de ce dernier revinrent. L'une d'entre elles semblait étrangement nécessaire. Comme si le destin avait décidé de relier leurs pensées, les deux congénères se retournèrent à l'unisson. Cependant, ce fut John qui s'exprima en premier, ressentant le besoin de dévoiler ses mots qui étaient restés trop longtemps dans son esprit.

– Merci.

Voyant que d'autres pensées restaient cachées, Maël ne parla pas. Pourtant, son sourire ne put, quant à lui, s'abandonner au mensonge. Un mot, un seul, avait réussi à lui faire comprendre la globalité de son action. Le fond de son geste, qu'il avait pensé bafouer, mais qui en fin de compte, sauvait les âmes pour les faire grandir sans qu'elles aient à se soucier du lendemain.

– Je ne savais pas comment vous le dire, vous remercier dans ma réponse face à votre geste, continua Monsieur Kid, presque ébranlé de nouveau.

Il était temps d'ouvrir lui aussi son cœur, de dévoiler les secrets enfouis de son existence pour débloquer la serrure des ombres de ses parties sombres, ses parties que lui-même n'avait jamais osé en décrire le contenu, peut-être trop honteux. Soupirant la fumée toxique de son addiction à l'unisson avec son élève, il sourit. Maël sentait à cet instant les révélations naître au grand jour.

– Je ne pensais jamais dévoiler mes peurs auprès de quelqu'un, surtout en ces circonstances. Lorsque le proviseur est venu m'apporter votre lettre, j'étais surpris par votre action, surpris que l'on m'adresse des mots que je ne pensais pas mériter, ébranlé car je ne croyais plus en l'espoir.

Il prit une pause, commençant à sentir les larmes revenir au galop.

– L'existence, dès ma majorité, m'a pris mes parents. Je me suis retrouvé seul contre le monde entier, à devoir vénérer l'espoir alors que le deuil m'a donné énormément de responsabilités.

Les larmes coulèrent ainsi, sans qu'il ne les empêche. Pleurer devant son étudiant, peu importait. Néanmoins, le visage doux et attendri de Maël, qu'il croisa, l'aida à continuer dans son récit, réchauffant à la fois son cœur et ses cicatrices.

– Puis, pensant que j'étais capable de gérer la totalité de mes responsabilités, je me suis laissé aveugler par le mensonge, comme vous. Par cette faute que j'ai commise, ma sœur est décédée.

Le cœur du plus jeune rata un battement. Sa réponse venait donc d'être donnée. Tout s'enchaînait dans son esprit, ne laissant pas l'hôte de ce dernier prendre le temps d'analyser ses pensées. Ses idées venues des profondeurs de son cœur, tant l'annonce l'avait choqué. Cette nouvelle qui fit naître une émotion qu'il ne pensait plus connaître. *L'empathie.*

Ne contrôlant plus ses mouvements et s'en fichant d'effectuer la part des choses, il se leva, s'approcha de son enseignant et le prit dans ses bras, serrant son étreinte fortement, pour que celui-ci ne se sente plus seul. Par ce geste inattendu, le plus âgé stoppa toute action et fit comme lors de leur première accolade. Il entoura son élève de ses bras maigres.

Maël avait connu la solitude à l'état pur, il ne souhaitait ça à personne. Retrouver dans son reflet les pires peurs, comprenant que la vie n'offrait que le choix du suicide, il connaissait cette émotion, l'unique qu'on lui avait transmise. Par ces souvenirs malheureux et lointains, ce dernier laissa les larmes couler d'elles-mêmes, ne prenant pas en compte le regard du syndicat des principes anciens. Pleurer aidait à passer outre les épreuves pour en ressortir davantage épanoui, vaincre alors l'océan de la souffrance.

Essuyant leurs sanglots, Maël s'écarta et revint à sa place. Puis, d'une voix faible, John reprit la parole.

– Tout cela pour vous dire que je n'aurais jamais pu imaginer que vous vous inquiétez pour ma personne. Je ne pensais pas être apprécié ou encore aimé de quiconque, votre geste m'a infiniment touché, conclut-il, les joues mouillées par les pleurs et le sourire aux lèvres, un sourire sincère.

– Je vous avoue que je pensais pas vous apaiser avec mes mots. Je pensais tout gâcher, répondit l'étudiant, prêt à dévoiler à son tour les ombres de son cœur. Je suis assez surpris d'ailleurs que vous soyez pas marié.

– Je ne suis jamais tombé amoureux, rétorqua John.

L'expression du plus jeune se changea de nouveau en surprise.

– Jamais ? Répéta-t-il.

Le professeur nia, souriant.

– Je n'ai jamais trouvé l'idée de m'intéresser à l'amour, dévoila-t-il. Je préférais, étant jeune, connaître les plaisirs de la vie et surtout pas, pardonnez-moi le terme, du sexe. Cela peut faire partie du désir commun que possède chacun, mais pour ma part, c'était un second choix. Tomber amoureux ne me dégoûtait pas, mais ne m'attirait pas non plus. Puis, on ne m'a jamais déclaré la moindre chose et je ne le faisais pas. J'adorais me plonger dans d'innombrables récits afin d'en découvrir le fond de l'*astre d'intérieur* de chaque être qui composait le roman. Être amoureux, ce n'était, ce n'est, et ce ne sera pas pour moi.

Devant la révélation de son enseignant, Maël afficha une mine triste et répondit, un sourire aux lèvres.

– Vous devez être aimé pour vos valeurs, monsieur. Je le dis pas pour vous flatter, je vous le dis parce que c'est véridique. Vous m'avez énormément apporté et je sais toujours pas comment exprimer les désirs de mon cœur, mais grâce à vous, je commence à comprendre son mécanisme. Je ressens pour la première fois ses battements, j'entends ses envies et je rigole devant ses remarques. C'est... Magique.

Les paroles du plus jeune réchauffèrent le cœur de John. Il crut voir, sans que le mensonge n'intervienne, une réelle lueur de bonheur dans ses yeux. Le professeur pensait, au départ de sa sœur, perdre l'équilibre de son existence, le contrôle de ses émotions, le pays de l'imagination et l'entièreté de son âme. Voilà que son protégé lui montrait le contraire et devant cette lettre où le cœur de son élève s'était exprimé, il avait retrouvé définitivement le chemin en direction de la lumière des rêves, le jardin de ce bonheur qu'il aimait contempler.

D'une voix douce et sincère, il regarda son cadet et avoua les pensées provenant de son *astre d'intérieur*.
– Merci, Bring.
À ces mots, le regard du principal concerné croisa le sien.
– Merci de m'avoir fait de nouveau croire en quelque chose que je pensais perdu, continua John, le sourire aux lèvres. *L'espoir*.

Maël comprit que les mots pouvaient être révélateurs pour l'auteur, mais également pour le lecteur. Il était entré dans le monde fantaisiste des rêves et ne souhaitait plus en ressortir. Monsieur Kid avait pris sa main et lui avait donné les clefs de son destin.

La renaissance, par la force des mots de son professeur, venait de s'accomplir.

Chapitre 20

Baignant ses reflets sur les draps de son lit, le soleil brillait. Observant son plafond et ne sachant quoi penser du monde, Maël repensait aux mots de son professeur.
Douceur, espoir et bienveillance. Voilà les mots que lui criaient sa conscience.
Ces mots qui ne voulaient pas partir de son esprit, qui hurlaient à son cœur de retourner au moment passé pour le revivre encore une fois. Toujours plus, à regarder John parler d'amour, retrouver l'étincelle qui illuminait son regard lorsque la littérature s'imprégnait de lui. Cela n'était en rien déstabilisant. Le garçon pouvait se trouver de nouveau face au plus âgé à écouter les battements de son *astre d'intérieur* tant ils étaient puissants.
"Merci de m'avoir fait de nouveau croire en quelque chose que je pensais perdu. L'espoir"
Maël avait compris le sens caché de ses mots. Il était parvenu à sauver le guide de sa vie. Que devait-il quémander de plus ? Le sourire sur son visage ne représentait pas une victoire, mais une prise de conscience, le jeune homme en était capable. Il avait réussi à croire en l'espoir, tout comme Monsieur Kid. Cette croyance qui continuait de faire battre son cœur, qui permettait à ce petit être de s'exprimer sous le regard bienveillant et paisible de son hôte. Un regard amusé

face aux paroles de cet être qu'il avait toujours considéré comme étranger.

Les mains placées derrière son crâne, le garçon se sentait libre. Libre de penser que chaque émotion pouvait exister.

Un raclement de gorge fit sortir l'étudiant de ses songes.

– Tu rêvasses ? S'écria Arthur, observant son frère, un sourire aux lèvres.

– Je pense, rectifia Maël, le visage toujours baigné par la prospérité.

Face à sa réponse, le plus âgé rigola.

– Si tu penses trop, tu vas finir par être en retard.

Le cadet haussa les épaules.

– J'irai au lycée uniquement pour Monsieur Kid, le reste est pas important.

– Et tes épreuves ? Qu'est-ce que t'en fais ? Demanda l'autre, interloqué.

Le plus jeune se redressa et afficha le même regard, celui du bonheur.

– Je connais déjà tout le programme depuis le début de l'année. Monsieur Kid est le seul capable de m'aider pour mon avenir.

– Et qu'est-ce que tu connais du futur, p'tit frère ? Répondit Arthur, un sourcil levé.

Cette fois, Maël se leva de son lit, se rapprocha de son frère et déposa une main sur son épaule.

– J'ai enfin trouvé ma vocation. Crois-moi, rien ni personne ne pourra me faire changer d'avis sur la question.

Jamais Arthur n'avait vu son frère aussi déterminé, heureux et serein sur le courant des choses. C'était étrange, et pourtant, il ne pouvait s'empêcher d'espérer lui aussi. Croire que son cadet avait trouvé la réponse à son interrogation constante. Ce fut à son tour de sourire.

Par les guerres entamées depuis fort longtemps, le plus âgé veillait sur l'avenir. Il avait peur de revivre un passé qu'il ne souhaitait pas rencontrer. Voir le souffre-douleur d'une vie gâchée par les pleurs croire au phénomène *sentiment* semblait trop irréaliste. Néanmoins, la réalité frappait à la porte de son esprit. Et cela, personne ne pourrait nier l'évidence. Maël venait d'évoluer.

– J'espère que tu t'embarques dans une voie qui te plaît.

Sur ces dernières paroles, il s'en alla, fier de reconnaître le frère qu'il pensait avoir perdu jadis.

Laissant son aîné partir il ne savait où, Maël retourna se blottir dans les bras du bonheur et sourire face à l'existence. Qu'était-il bien à ne plus ressasser les aléas et à retrouver ce que la vie, malgré elle, lui avait enlevé ! Soudain, quelque chose vibra, faisant sortir le garçon de cette émotion. Sourcils froncés et agacement engagé, il attrapa son téléphone qui était la cause de sa sortie du pays des merveilles et s'empressa de faire taire l'objet technologique. Pourtant, le dérangement ne s'interrompit pas, il continua.

La colère arrivant, Maël reprit son cellulaire avec violence. Son cœur rata un battement.

Sans perdre un instant, il décrocha. Une voix qu'il haïssait retentit.

– *Je peux savoir pourquoi tu ne réponds pas quand je t'appelle ?* Demanda l'homme, énervé.

– J'ai rien à te dire, papa, répliqua le plus jeune, contenant sa haine.

– *Oh que si tu en as des choses à me dire, jeune homme*, rétorqua son père. *Et n'essaye pas de me mentir, je sais tout. Rendez-vous, puisque tu as décidé de manquer des cours, dans une heure à l'hôpital.*

Ne permettant pas à son fils de répondre, le plus âgé raccrocha. Sous la colère, Maël jeta son téléphone, le faisant valser à travers la pièce.

Ce sentiment de prospérité se transforma en une rage intense, ne laissant plus de place à la lueur de bonheur qui s'affichait quelques minutes plus tôt sur son visage. Le sourire qui était présent jusque-là fut remplacé par un pincement aux lèvres. Qu'avait découvert son père ? Il n'en savait strictement rien. Pourtant, devoir justifier une accusation dont il ne connaissait pas l'existence lui faisait de nouveau mal. Mal, puisqu'il savait parfaitement que son père n'accepterait rien de lui.

À cet instant, John apparut dans son esprit. Maël était décidé. Peu importait les reproches donnés, l'espoir guiderait son chemin et empêcherait au juge de la méfiance et de l'imposture de refaire surface.

Marchant d'un pas rapide, le garçon s'approchait peu à peu de l'hôpital, ce lieu maudit. Les questions posées par son cœur n'arrangeaient rien, il fallait qu'il se taise pour de bon si l'hôte voulait rester intact. Ce petit être qu'il avait tant considéré comme un étranger, maintenant révélé au grand jour, exprimait l'entièreté de ses pensées. Malgré l'émotion qui envahissait son esprit, Maël ne pouvait s'empêcher de trouver son cœur attendrissant. Concentré à faire taire ce dernier, ses pieds le conduisirent d'eux-mêmes jusqu'au point de rendez-vous.

Face au bâtiment et sentant la colère ravager son bonheur, une pulsion le prit. Il sortit son cellulaire de sa poche et composa le numéro souhaité.

— *Dépêche-toi Mel, j'ai que cinq minutes*, l'informa Ayden, pressé par le temps.
— Mon père veut me voir, répondit simplement le garçon.
Un silence se fit. Puis, d'une voix décidée, son congénère reprit.
— *J'arrive dans dix minutes. Rappelle-moi s'il y a le moindre souci, s'il te plaît.*
Maël raccrocha et soupira. À quoi devait-il s'attendre ? Était-il certain de franchir les portes du bâtiment pour se prendre une ribambelle de reproches à la figure ? Son coeur, cette fois-ci, se taisait. Il laissait son esprit garder le contrôle pour que la haine ne se propage pas. C'était primordial.

D'un pas déterminé, il pénétra dans l'enceinte de l'hôpital et se dirigea vers le secteur psychiatrique. Sans tenter de retrouver son chemin, son cerveau le fit à sa place.

Appréhension, doute et *rage*, voilà ce que lui criait son cœur.

En entendant ces mots sortir de sa bouche, Maël arrêta de marcher. Il n'empêcha pas ses jambes de continuer parce qu'il était exaspéré par les peurs de son cœur, il savait pertinemment qu'il avait raison. Malgré la colère qui l'envahissait, le jeune homme était effrayé. Tant les accusations passées l'avaient rapproché du trou de la souffrance, qu'à cet instant, croyant fermement au pouvoir de l'émotion, le garçon était apeuré rien qu'à l'idée de revivre l'ancien temps.

Une lueur apparut devant lui, gelant le temps et lui sourit. On aurait dit une ombre provenant des cieux pour lui rappeler qu'il n'était pas seul. Il accepta sa douceur et acquiesça face à son visage tendre, baigné par la joie. Le monde reprit forme et Maël secoua sa tête de gauche à droite rapidement, reprenant sa marche. Soudain, il vit la porte du bureau de son père.

Grise comme son âme, pensa le plus jeune tout en voyant le rictus sur le visage de son cœur.

Soufflant un bon coup, il s'approcha de la porte et toqua. Une voix lui permit d'entrer.

Pénétrant dans la pièce, il découvrit un homme au regard furax, aux poings fermés, habillé habituellement d'une blouse blanche avec, sur le côté, son nom marqué : Carl Bring.

L'étudiant ne bougea pas d'un poil, n'étant pas impressionné par la carrure de son père.

– Je t'écoute, s'écria Maël. Tu voulais me voir et je suis là.

Se levant de son fauteuil, Carl s'avança vers son fils et souffla.

– Quand vas-tu cesser de me décevoir ? Rétorqua-t-il, d'une voix exaspérée.

Maël, ne sachant quoi répondre et ayant prévu de tels propos de la part de son père, resta muet.

– J'ai tout fait pour toi, Maël. Je me suis battu afin que tu ailles dans le meilleur lycée, que tu fasses de bonnes études scientifiques, et qu'est-ce que j'apprends ?

En haussant le ton, il cherchait le regard de son fils.

– Tu continues à manquer des cours pour un certain John Kid ? Combien de temps allais-tu encore me cacher ces leçons particulières que tu prends avec ce prof ?

Le visage du plus jeune restait impassible. Pourtant, tout son corps possédait l'envie de faire valser le visage de son père, de lui crier afin qu'il souffre à son tour. La main douce et attendrie de sa conscience l'en empêchait. Le moment approchait. La patience allait désormais jouer un rôle crucial.

– Et surtout, ce qui me débecte encore plus, c'est de savoir que mon fils étudie la littérature, déclara Carl, d'une voix sanglante.

Boum, boum, boum.

Coeur perplexe et esprit convaincu, Maël baissa la tête et afficha une expression qui fit reculer le plus âgé. Une haine si fulgurante s'était plantée dans son regard, que personne n'aurait pu prévoir les larmes dégoulinant petit à petit sur ses joues. Ces sanglots provenant d'une colère qui n'avait jamais pu éclater. Elle s'était retenue pour préserver l'équilibre de son cœur, mais désormais, elle ne se retenait plus face au coupable de ses cicatrices.

Maël avait été une bête que l'on avait emprisonnée. Cet animal s'était plongé dans un poison, le sien, en maintenant les horreurs et les atrocités que vivait son corps tout entier. Les remarques, les coups, la violence, tout cela, son père le savait. Il connaissait la peine immense de son fils durant cette épreuve. Par faiblesse, le mensonge prit possession de lui et la vérité fut trop effrayée pour revenir. Sa conscience ne lui permettait pas de comprendre ceci, mais il l'avait délaissé, considérant le plus jeune tel un étranger pendant de longues années.

Faisant marche arrière, Maël releva la tête et pleura.

– T'es si pathétique...

– J-je te demande pardon ? Bégaya le docteur, stupéfait et apeuré par le comportement de son enfant.

– T'avais pas compris que si j'étudiais la littérature, c'était pour que tu t'intéresses à moi ? Avoua Maël, la gorge remplie de larmes et de tristesse.

Son père fronça les sourcils.

– Qu'est-ce que tu-

– LAISSE-MOI PARLER !

Il respira le souffle de sa douleur et reprit.

– Toi, t'as toujours prétendu prendre soin de moi. T'as toujours voulu te protéger, mais de quoi ? Tu m'expliques ? Avec tes putains d'erreurs et ton égocentrisme à la con, j'arrive même pas à te considérer comme mon père. Celui que t'as jamais été et que tu seras jamais !

Inspirant ses pleurs, il prit une pause et continua, sous les yeux dévastés et le regard fait d'incompréhension de son père.

— J'aime la littérature et j'admire Monsieur Kid, un guide, celui que tu seras jamais, putain !

Sur ces dernières paroles, le cœur brisé et la respiration vagabonde, il s'enfuit, éclatant en sanglots une bonne fois pour toutes. Courant à travers les couloirs de l'hôpital, il trouva la sortie sous les regards perdus de tous. Qu'avaient-ils à regarder ? Des larmes couler ? Était-ce ça, le spectacle ?

Bande d'enfoirés, pensa Maël.

Dès son arrivée à l'extérieur du bâtiment, il s'écroula au sol et pleura. Personne ne comprenait et il n'y avait rien à comprendre. Personne n'était en mesure de connaître la souffrance de son cœur, cet être qui, à cet instant, observait son hôte avec peine. Ce cœur qui souriait pour redonner joie à l'étudiant, aidant son mécanisme, et se brisait lorsque la douleur envahissait et ouvrait les blessures.

À peine avons-nous le temps de penser, que le désespoir nous amène en direction de son trou que nous ne regardons pas l'astre solaire éclairer la réussite et la prospérité. Un enchantement s'appelait-il.

— Bring ? S'écria une voix que l'étudiant reconnaissait plus que bien.

Cet enchantement venait d'apparaître.

Chapitre 21

Léger, le cœur était, par la douce mélodie de cette voix qui berçait les petits âges pour les rendre plus grands.

Maël, les yeux ouverts et les larmes dégoulinant le long de ses joues, ne savait que faire. Il était paralysé, son corps ne voulait plus coopérer. Quant à John, il restait là, observant l'étudiant avec peine face à sa position remplie de détresse. N'étant pas ici pour scruter son élève, il s'accroupit et soudain, son regard croisa le sien. Sans aucune parole, le professeur comprit. Le plus jeune, ayant réussi à lutter contre l'arrêt de ses mouvements, vit un sourire s'afficher sur le visage de son enseignant.

– Ce n'est que moi, Bring, murmura John pour l'apaiser. Je ne suis pas votre ennemi, mais votre allié.

Les mots étaient peut-être maladroits, et pourtant, Maël les percevait comme une main tendue en sa direction, qu'il ne pouvait éviter. Cédant au chantage du courage, il éclata de nouveau en sanglots devant John, qui sentit son coeur se briser face à la souffrance du garçon. Sans plus attendre, il prit le jeune homme dans ses bras, sous les yeux perturbés du monde qui les regardait avec incompréhension. Câlinant tendrement son protégé, John resserrait davantage sa prise à chaque gémissement de tristesse.

Une voix que Maël reconnut instantanément s'écria.
– Mel ! Tu-

Entendant la surprise de l'homme, John se retira et se releva pour faire face à un garçon aux cheveux bruns, aux yeux vert et d'une petite taille. Il devait sûrement être un proche de Maël. Ce dernier, les yeux rougis par les larmes versées, sentit de petits bras entourer son corps. Un sentiment de bien-être prit son âme. Son meilleur ami était là, à le câliner tendrement. Il ferma ses paupières et respira un bon coup pour se relever avec l'aide d'Ayden.

Voyant que son protégé était entre de bonnes mains, John s'apprêtait à partir, lorsqu'une voix l'en empêcha.

– Monsieur !

Le plus âgé se retourna interloqué et vit son élève, attristé de nouveau. Maël baissa son regard vers le bas et murmura :

– Merci.

Ne cherchant pas à en savoir davantage, John comprit. Il savait qu'une discussion s'imposerait tout à l'heure, mais le garçon avait besoin de repos. Le professeur sourit et salua les deux jeunes hommes, avant de s'avancer vers l'accueil de l'hôpital.

On l'avait appelé pour connaître son état psychologique face au décès de Bérénice. L'enseignant connaissait ce type de rendez-vous et était bien décidé à oublier la souffrance pour accepter le bonheur. Raconter les malheurs était une chose, avancer en était une autre.

Annonçant son arrivée au secrétariat du bâtiment, il s'approcha de la porte en question et s'assit sur une chaise en bois disposée non loin de lui. John attendit sagement et se remémora sa réponse face aux potentielles questions posées. Le professeur entendit le bruit d'une porte s'ouvrir et sut que son tour était venu. Ayant réfléchi de nombreuses fois, son esprit et son cœur avaient été en accord.

– Monsieur Kid ? l'appela une femme.

Ce dernier se leva et entra dans la pièce où se trouvait une jeune fille à l'air doux et au sourire rayonnant. Fermant la porte et s'approchant rapidement pour s'asseoir une nouvelle fois, John attendit la permission d'élever la voix. Regardant son ordinateur pour, sans doute, avoir plus d'informations sur son cas, elle soupira et brisa le silence depuis l'arrivée du professeur.
— Je tiens à me présenter avant de commencer. Je suis le Docteur Smith et je suis psychologue. Je préfère ainsi vous dire que je ne permettrai jamais d'émettre un jugement sur votre ressenti, je suis ici pour vous écouter.
Observant John avec bienveillance, il ne put s'empêcher de sourire. Néanmoins, la décision prise n'était pas prête de changer. L'enseignant laissa la jeune femme continuer.
— La psychiatre de votre soeur m'a prévenue de son décès et j'aimerais connaître votre point de vue, afin que je puisse vous aider-
— Je n'en ai pas besoin, l'interrompit John.
Le regard interloqué, la psychologue coupa ses propres cordes vocales.
— Je tiens à vous remercier pour votre aide, mais elle ne sera pas nécessaire.
Voyant qu'elle ne savait pas quoi dire, il se leva de sa chaise. Le Docteur Smith l'observait se diriger vers la porte. Elle avait déjà été confrontée aux personnes ne souhaitant aucune aide et, sans qu'elle ne puisse s'en empêcher, elle se mit à parler, ce qui arrêta les mouvements de l'enseignant.
— L'aide psychologique n'est pas une faiblesse, c'est une force qui vous permettra d'avancer. Je n'ai jamais vécu le décès d'un proche, mais je voulais vous tendre une main. Alors, ne franchissez pas cette porte et laissez-moi vous aider.
La main sur la poignée, John eut un instant d'hésitation. Il savait pertinemment que la jeune femme était

capable de l'aider à surmonter le pire et vaincre le juge du tourment. Pourtant, l'espoir qui avait jailli dans les yeux de son protégé, lors de leur rendez-vous, permettait à son cœur de comprendre qu'il n'était plus seul. Il pensait que le monde de l'imagination l'avait abandonné pour faire place au sentiment de la solitude. C'était alors, que les battements du cœur du plus jeune lui firent comprendre que l'humanité existait. Que la renaissance n'était pas un mythe, mais une réalité.

Par l'envahissement du renouveau, Maël avait cicatrisé les blessures de la perte afin d'y mettre une pointe d'émotion. Perdant au départ de sa cadette le phénomène *sentiment*, son élève l'avait retrouvé et le lui avait donné, comme une étoile que l'on attrape avec tendresse en direction du pays des songes.

John se retourna légèrement, sourit avec douceur et répondit :

– J'ai compris, auparavant, qu'il fallait croire en l'impossible. Puis, le décès de ma sœur m'a fait perdre cette croyance. J'avais l'impression que j'étais mis à nu, sans émotion, sans rien. Mais une personne, par les mots, a fait renaître cet espoir pour me rendre plus fort. Je sais que Bérénice est là pour me guider et qu'elle sera toujours là.

Voyant le regard de la jeune femme, qui insinuait qu'il était en droit de continuer, il reprit.

– La mort est une chose naturelle et je dois l'accepter. Je ne m'impose pas ce choix, je désire vivre l'impensable. Malgré les malheurs que la vie m'a fait traverser, je continuerai à croire au bonheur.

Ne sachant quoi répondre, elle le laissa s'en aller. Tout en sortant de la pièce, John sentit les larmes monter sans qu'il ne puisse les contrôler. Elles ne représentaient pas le désespoir, mais bien la joie. Le bonheur de s'être dévoilé et d'avoir accepté que le juge de la souffrance n'était peut-être pas si mauvais à son égard.

Séchant les petites perles salées dégoulinant le long de ses joues, un sourire apparut sur son visage. John se sentait, à cet instant, libre.

– Qu'est-ce qu'il s'est passé ?

Depuis quelques minutes, les deux amis marchaient côte à côte en direction du lycée, dans un silence complet. N'ayant pu comprendre la présence de son professeur à l'hôpital, Maël s'était renfermé dans ses pensées. Aurait-il l'occasion d'échanger avec son aîné sur la question ? Possible. La voix de son meilleur ami retentit, et ses mouvements s'arrêtèrent.

Voyant que Maël ne le suivait plus, Ayden se retourna et découvrit de nouvelles larmes s'échapper de ses yeux. Il s'approcha et ouvrit ses bras pour faire comprendre à son ami qu'il était en droit de s'écrouler sur lui. Le plus jeune, ne trouvant pas d'autre choix, tomba dans l'étreinte que son aîné lui offrait.

Caressant son dos avec douceur et fermant la pression afin que le garçon se sente en sécurité, Ayden murmura :

– T'as pas besoin de te retenir avec moi, et tu le sais.

Écoutant les tendres paroles de son meilleur ami, Maël sanglota silencieusement. Ayden avait raison. Lorsque la peine devient trop intense et ingérable, elle nous paralyse et demande au mensonge d'apparaître pour apaiser la douleur. Alors, on se retient, et le déni forme un barrage en direction du cœur qu'il nous est impossible de franchir. Le garçon était épuisé de devoir respecter les règles du passé, il avait toujours rêvé d'être libéré des chaînes qui emprisonnaient son *astre d'intérieur,* qu'il s'en était mordu les doigts. À force de contenir, la tristesse apparaissait et le chemin vers la guérison devenait impossible. Pourtant, son meilleur ami et son professeur avaient réussi à casser les codes de son esprit pour les rendre plus majestueux et affectueux.

Pleurer, oui, il le fallait. Ayden était le seul à comprendre l'océan de ses tourments et l'orage de la torture de son coeur. Il avait accueilli ce petit être avec bonté depuis bien longtemps.

Entendant les sanglots de son ami, le plus âgé prit de nouveau la parole.

– Je sais pas ce qu'il s'est passé, mais t'as bien fait. Ton père n'a que ce qu'il mérite. Il mérite pas le jeune homme fort et courageux que tu es devenu sans son aide. Sois fier de toi, Mel.

À l'entente de ces mots, l'étudiant sentit son coeur se réchauffer. La tête posée sur l'épaule d'Ayden, il leva la sienne, regarda le ciel bleu et sourit.

Sous les yeux intrigués de ses élèves, John pénétra dans la salle de classe, le sourire aux lèvres. Le bruit de ses pas brisait tout de même le silence qui régnait dans la pièce remplie de regards surpris par son retour. Personne ne connaissait la raison de son absence. Personne, sauf un que le plus âgé avait repéré bouleversé et qui semblait en retard.

Persuadé qu'il ne viendrait pas à cause des larmes, Monsieur Kid se racla la gorge en déposant sa sacoche sur le bureau et prit la parole.

– Bonjour à tous et à toutes, je tiens à vous présenter mes plus grandes excuses pour cette absence.

Coupant l'élan de l'enseignant, Maël débarqua, essoufflé. Sans doute une course contre le temps. Le garçon se baissa légèrement, s'appuyant sur ses genoux à moitié rabattus, pour reprendre son souffle. Lorsqu'il se redressa, le regard des deux hommes se croisa. Tout semblait si irréaliste pour le plus jeune. Malgré leur rendez-vous, revoir John dans une salle de classe réchauffait son coeur. Sans que les mots n'interviennent, ils se sourirent mutuellement dans un silence paisible. Les autres, ne comprenant pas la situation, murmuraient. Pourtant, les chuchotements ne perturbaient en aucun cas les paroles non dites et le sourire qui s'affichait sur leur visage.

Les cœurs battaient à l'unisson, et si on s'approchait des deux cages thoraciques, on pouvait les entendre se métamorphoser en pétales de rose, volant au gré du vent. Le phénomène *sentiment* semblait si puissant, que rien n'aurait pu arrêter le temps et le moment. John et Maël se regardaient, leurs yeux parlaient, leur cœur s'exprimait et ils étaient les maîtres de leur propre univers, tout en bannissant les règles du juge du mensonge.

Un élève se racla la gorge et fit sortir les deux congénères de la bulle qui ne semblait pas éclater, jusque-là.

– On commence le cours, monsieur ?

Secouant sa tête de gauche à droite, John déglutit et répondit :

– Vous avez tout à fait raison, Minsow.

Son regard se pencha vers le plus jeune, qui affichait un sourire provocateur. N'étant plus véritablement habitué à cette attitude de sa part, John rigola légèrement.

– Installez-vous, Bring, ordonna gentiment le plus âgé.

Maël l'écouta et s'installa au premier rang, demandant à son camarade de bouger de sa chaise. Ce dernier le questionna du regard.

— Tu peux dégager de ma place s'te plaît, gamin ? Exigea-t-il, d'une voix faisant trembler les membres du garçon.

Le jeune homme s'en alla vers le fond de la pièce et s'assit au dernier rang, rendant heureux Maël. Son intention n'avait pas été d'effrayer son camarade, mais bien de prouver à John qu'il était désormais intéressé. Peut-être une attitude qui ne plaisait pas à tous ? Il s'en fichait. Voir Monsieur Kid parmi la foule était sa source de bonheur. La tristesse était sortie, il fallait laisser le cœur s'exprimer.

Regardant son protégé lui sourire sincèrement et adopter ce comportement insolent qui ne le rendait pas indifférent, John afficha une mine heureuse. Il avait compris le but de son action, le plus jeune voulait lui montrer sa détermination. Ce garçon qui avait toujours été le pantin du mensonge renaissait, tel un phénix. Le feu n'était pas son atout. Le rêve d'un décollage en direction de l'imagination, en revanche, oui. Par ce constat et les événements précédents, le professeur sourit.

— Reprenons donc.

S'installant sur son bureau, l'enseignant ouvrit sa sacoche et attrapa une pochette de CD, dont le nom était caché par ses doigts. Les regards furent intrigués par l'objet, ce qui faisait davantage rire le plus âgé.

— Vos visages métamorphosés par ceci me font bien rire. Pour me rattraper, je tenais à vous projeter un film.

Le monde s'en jaillit, se fit heureux.

Si seulement tous pouvaient être intéressés comme Bring, pensa John.

Lorsque son regard croisa celui de son cadet, sa conscience n'avait pas eu complètement tort. Il semblait malheureux de la nouvelle annoncée. Le cœur fut chauffé et les pétales de rose semblaient se dévoiler.

John se leva, se dirigea jusqu'au poste de télévision et inséra le disque dans le lecteur. Réglant les quelques paramètres, le long métrage commença. Il n'avait pas fait de résumé et les étudiants n'avaient pas demandé le titre. Il mit sur pause pour les avertir.
– Je vous projette *Eclipse Totale* de Agnieszka Holland. Un film parlant d'une histoire d'amour, celle de nos chers poètes, Arthur Rimbaud et Paul Verlaine. Je vous conseille d'être bien attentif et attentive. Ne manquez pas le moindre détail, cela vous servira.

Puis, sachant que la projection n'intéressait pas Maël par la mine agacée qu'il tirait, l'enseignant lui fit signe afin de le prendre à part. Comprenant la situation, le garçon se leva et s'approcha du plus âgé, qui ouvrait délicatement la porte. Tous deux se retrouvèrent dans le couloir où le silence régnait. Personne n'osait commencer, personne ne trouvait les mots justes pour apprivoiser l'instant et garder la prospérité que leur apportait le temps. Pourtant, les cœurs souhaitaient s'exprimer. Les yeux se levèrent et le calme devint bruyant à cause des battements. Le professeur débuta.
– Bring, je vous écoute.

Le plus jeune crut voir la lumière d'une comète s'échouer dans les yeux de son enseignant. Il n'avait pas eu besoin de le lui demander, son cœur pouvait s'ouvrir seul sans jugement.
– J'ai toujours cru que je devais tout garder pour moi... Mon père m'a jamais compris et je suis parti à l'hôpital pour le confronter...

Sentant les larmes revenir de plus belle, il baissa de nouveau la tête. Laissant son cadet exprimer les peines de son *astre d'intérieur*, John sentit un pincement au sien. Lorsqu'il s'apprêta à s'approcher pour le réconforter, Maël le devança en reprenant la parole.

– J'ai vu son regard. Je le dégoûte et je le déçois, parce que maintenant... J'aime lire.

Explosion de battements d'ailes, esprit embrouillé par la souffrance et la fierté.

Monsieur Kid sentit son cœur lui parler, s'exprimer à son tour.

– *Tu pensais autrefois que tout était perdu, mais regarde. Le garçon qui détestait lire aime ça. Tu pourras toujours dire que tu as tout gâché, mais tu l'as sauvé.*

Entendant les doux mots de son cœur, le professeur ne put s'empêcher de s'avancer vers le plus jeune et de le prendre dans ses bras. Ce dernier ne refusa pas et autorisa à la tristesse de son âme de s'enfuir. L'explosion de la tempête de ses émotions se fit. Le front posé sur l'épaule du plus âgé, Maël pleura et sentit les caresses de son enseignant sur son dos, preuve de réconfort.

Oh que oui, John en éprouvait de la peine pour son protégé. Voir ce petit être démuni de tout par les propos d'un père ne connaissant pas le rêve lui donnait davantage l'envie de l'apaiser. Le mensonge avait donc abandonné et le sentiment avait regagné sa place légitime. Lorsque le phénomène *sentiment* nous envahit, nous ne savons plus comment penser, réagir ou vivre. Le cœur est le seul à pouvoir contrôler l'ouragan qui transporte notre corps. Il savait à quel point l'imagination n'avait pas parlé à beaucoup de monde, que ceux qui prennent un instant pour l'aborder sont rejetés et considérés comme fous. Pourtant, la frénésie des rêveurs était l'évidence d'humanité. Ce ressenti qui pouvait porter les plus belles étoiles afin de le transformer en poussière de fée cachait une beauté incontestable. Et ceci, Maël l'avait compris.

Par la fierté qui envahissait son âme, John se détacha, essuya à l'aide de son index les perles salées dégoulinant sur les joues de son cadet et sourit.

– Soyez fier de vous, Bring. Vous arriverez à tout exprimer à votre père.
– Mais comment, monsieur ? Demanda Maël d'une voix enrouée par les pleurs.
John afficha un léger rictus.
– Vous souvenez-vous de votre lettre à mon égard ?
Le plus jeune acquiesça.
– Faites de même pour lui, dites-lui votre peine et laissez votre coeur s'exprimer.
L'élève renifla et baissa la tête.
– J'ai exprimé les ressentis de mon cœur parce que je savais que vous les accepteriez, mais pour mon père...
Il prit une pause pour souffler, avant de se lancer. Lui seul était en mesure de l'aider. La main tendue qu'il visualisait de la part de son professeur représentait le chemin de sa guérison. Il fallait qu'il la saisisse, qu'il n'attende plus que le mensonge revienne pour gâcher et enlever à son cœur la renaissance. Relevant la tête, les yeux larmoyants, il attrapa la main de la vérité et parla.
– Sans vous... J'y arriverais pas...
Voyant la souffrance de son cadet, de ce garçon nouveau dans le monde du sentiment, John afficha une mine bienveillante.
– Eh bien, nous écrirons cette lettre ensemble. Venez chez moi ce soir, je vous aiderai.
Boum, boum, boum.
Le cœur apaisé et l'esprit paisible, l'étincelle du bonheur venait d'apparaître. Elle n'était peut-être pas visible pour le monde, mais en revanche, pour le rêve, ce fut un éclat d'espoir.

Chapitre 22

Les pas se faisaient rapides. Après avoir attendu la fin de la journée et être sorti du lycée, Maël marchait en direction du logis de John pour composer le souffre-douleur de sa peine. Ressentant de plus en plus l'angoisse venir, il s'arrêtait, puis reprenait sa marche. Son cœur faisait des siennes, lui non plus n'était pas à l'aise de tout dévoiler au plus âgé.

Pouvait-il refuser ? Reculer devant la liberté ? Rien ne le forçait à exprimer sa souffrance, et pourtant le temps ne demandait qu'un seul effort pour faire fonctionner son mécanisme, pour arranger les blessures du monde. Le garçon avait l'impression de porter le poids de la tristesse du rêve. On appuyait sur ses épaules, on torturait sa poitrine, on massacrait son cœur. Voulant se libérer de ces chaînes qui l'immobilisaient, ce petit cœur frappa de toutes ses forces et Maël reçut un coup. Il se battait, pourquoi pas lui ?

Malgré son envie, la frappe de son cœur le fit se pencher en avant et s'agenouiller. Fermant les paupières pour retrouver le calme, il afficha une grimace, tant il percevait son désespoir. Une main releva alors sa tête rabattue, afin qu'il puisse regarder le ciel bleuté et comprendre que le soleil l'accompagnait. Ces doigts presque transparents lui permirent de découvrir le visage d'une fée aux longs cheveux blonds et aux iris verts. La jeune créature était habillée d'une petite robe blanche et possédait de petites ailes d'un tissu comparable aux toiles d'araignée. Avant que Maël ne dise la moindre parole, elle caressa ses joues du bout de ses doigts et sourit.

– Ne pose pas de questions, Maël. Je suis la passeuse de rêve, Eulalie.

Pensant être fou, il s'apprêta à parler, mais la fée posa son index sur ses lèvres.

– Tu n'es pas fou, tu es humain. Personne ne me voit à part les *extralunaires*, ceux qui savent franchir les remparts de l'espace-temps pour rêver et je crois que l'un d'entre eux t'attend.

Une brise passa et Eulalie disparut. Alors, voilà ce qui se passait lorsque l'on commence à rêver ? À imaginer ? C'était étrange. Cependant, il ne put s'empêcher de sourire face à cette douce rencontre. Cette fillette était la passeuse de rêve, et Maël sut qu'il était sur le chemin de la guérison. Allait-il devoir s'habituer à de nombreuses rencontres ? Son petit doigt lui disait que oui. Il pensait que cet accès n'était réservé qu'aux véritables rêveurs, il n'était qu'un simple débutant après tout. La voix de la jeune fille réapparut.

– Il ne suffit pas d'être un débutant pour savoir rêver, Maël. Le sentiment humain définit les plus beaux d'entre nous.

Puis, Eulalie disparut de nouveau. Sans en comprendre le sens, son cœur avait arrêté de se battre. Les paroles de cette fée avaient apaisé sa peine, une véritable magicienne, fabriquant sa propre poussière de guérison grâce à la tendresse des nuages. Il imaginait la jeune fille, à l'aide de son panier, attraper les boules de coton géantes pour les attendrir, comme des animaux, rigolant aux éclats. Par cette simple vision, Maël se releva et observa le ciel dégagé de toute potion de cette fée. Elle avait libéré la souffrance du monde pour éveiller les esprits les plus perdus grâce à son imagination. Connaissait-elle Monsieur Kid ? Après tout, il devait être l'un des plus anciens habitants du pays de la fantaisie. Il en saurait davantage, s'il avançait.

Ne se posant pas plus de questions, ses jambes s'activèrent, et lorsqu'il démarra sa marche, le poids imposé par ses peurs s'envola. Ses poumons pouvaient se remplir d'air sans être gênés par la douleur du cœur. Respirant de bonheur, il s'approcha du logis de son enseignant et appuya sur la sonnette. Une voix lui répondit.

– *Entrez, Bring.*

Ne perdant pas une seconde de plus, Maël obéit. Il monta l'escalier et se trouva face à la porte de l'appartement de John. Sans plus attendre, il frappa. Quelques secondes plus tard, un homme qui avait réveillé les battements de son cœur lui ouvrit, accompagné d'un sourire charmant. Le calme faisait sa petite ronde quotidienne, laissant peut-être du temps aux deux cœurs de se contempler. D'une mine timide, John invita son élève à pénétrer dans son habitat, tout en se rendant compte que son regard avait changé. Cette lueur de tristesse qui s'affichait derrière le masque qu'il avait décidé d'enlever n'apparaissait plus. Avait-il croisé la passeuse de rêve ? Le professeur n'en savait rien, mais percevait bien que la culpabilité était partie de ses épaules.

Le plus jeune s'installa sur le canapé de l'enseignant et s'excusa de sa longue marche. John nia.

– Ne vous excusez pas, Bring. Peut-être que nous pourrions nous y mettre ? Sur cette fameuse lettre...

Acquiesçant faiblement, le regard de l'étudiant se posa sur les rayons de l'astre solaire, éclairant alors le visage de John. Son cœur s'enflamma. Qu'avait fait cette fée ? Un sort d'amour inconsidérable et incompréhensible qui mettait son corps dans un état incomparable. Était-ce le sentiment du rêve et que la fillette l'avait activé ? Ou bien le lui avait-elle donné afin qu'il se sente le plus humain possible ? Il n'en savait rien. N'étant plus concentré sur l'instant présent, il ferma les yeux en espérant qu'Eulalie viendrait lui rendre visite pour le réveiller et l'aider.

Perdu par la force de ses propres pensées et la peur de tout rater, Maël couvrit son visage à l'aide de ses mains, lorsque d'autres se posèrent sur ses bras. N'osant pas ouvrir ses paupières, le plus jeune les garda fermées sans se douter que John observait son cadet avec bienveillance, caressant ses épaules.

– Que se passe-t-il, mon garçon ?

Connaissant désormais la voix, il laissa la confiance régner. Maël soupira et donna l'autorisation à son cœur de s'exprimer.

– J'ai l'impression que j'y arriverais pas, à me dévoiler. C'est tellement compliqué... Et je crois que je mérite pas de rêver... Je comprends rien à mon coeur. Il bouge et c'est étrange. Faut-il être méritant pour rêver, monsieur ?

Un sourire se forma sur le visage de John.

Son élève était bien nouveau au pays de l'imagination. Il se rappelait de ces émotions incontrôlables qui l'avaient envahi, étant plus jeune, et que son cœur lui avait parlé. Monsieur Kid en était sûr, Maël avait croisé la passeuse de rêve. Cela ressemblait à un conte, mais la réalité devenait bien plus attrayante. Dès que notre âme pose ses phalanges sur la barrière de l'espace-temps, il est difficile de faire marche arrière et de nier l'évidence. L'enfance nous succombe et nous avons l'impression d'être enfant toute notre vie. Ceci n'était en rien une mauvaise chose. Grâce à ce système, nous pouvions reconnaître les plus beaux portraits que le rêve avait conçus. Ceux que l'on appelait les *extralunaires* représentaient les habitants du monde de la fantaisie. Il fallait que la passeuse vienne leur rendre visite, afin que le cœur retrouve sa véritable place et que l'esprit soit apaisé pour commencer à rêver. À l'aide d'une magie faite d'imagination, Eulalie activait les songes. La sensation était exquise et redoutable, pouvant faire succomber les plus malheureux au choc du rêve.

Voyant que le garçon semblait perdu et prêt à refuser l'offre maintenant que la machine était lancée, John parla.

– Vous savez, Bring, je pensais ne pas mériter le rêve étant plus jeune. Ce ressenti qui avait envahi mon âme lorsque j'appréciais l'imagination n'était pas doux, tant que je ne l'acceptais pas. Il ne suffit pas d'être débutant pour imaginer, vous possédez le sentiment *humain*, une émotion que vous aimeriez peut-être nier à cause des paroles de votre père, mais qui est votre plus belle force. Écoutez votre cœur, le maître de votre corps, il est le maintien de l'existence humaine.

Il fit une courte pause et reprit.

– Acceptez ce sentiment, acceptez le rêve. Sa douceur et son élégance nous paraissent toujours insupportables lorsque nous ne comprenons pas l'imagination. Pourtant, ce sont nos meilleurs atouts. Les rêveurs sont peut-être étranges, néanmoins ils permettent à l'espoir d'exister. Vous êtes capable de tout désormais, Bring.

Relevant la tête, Maël crut voir une étincelle dans les iris de son enseignant. Puis, une poussière apparut. Eulalie était ici. Les deux paires d'yeux se retournèrent vers la petite fée qui se rapprochait d'eux, d'un air enfantin. Le plus jeune dirigea son regard vers son professeur, qui souriait. La voyait-il aussi ?

John replia légèrement sa main pour laisser la créature féerique s'y poser.

– Tu m'as tellement manqué, petite fée.

Elle lui fit une révérence et se tourna vers le garçon qui croyait halluciner. Les regards posés sur lui. Quant à Maël, il décida d'ancrer le sien dans celui du plus âgé. Ce dernier l'admirait avec bienveillance. Puis, voulant à tout prix connaître la vérité, il déglutit et demanda :

– Vous la voyez aussi ?

John rit légèrement et acquiesça.
– Eulalie est la passeuse de rêve. La plus majestueuse créature qui permet aux âmes perdues de retrouver la douceur incontestée du bonheur. J'ai deviné que vous l'aviez croisée avant de me rejoindre.

Maël baissa les yeux.
– Mais je suis juste un débutant...

De son autre main, le professeur attrapa celle de son élève pour la caresser. Par ce contact, le plus jeune frémit.
– Eulalie apparaît lorsque votre cœur retrouve sa place. L'humanité qui vous anime définit votre potentiel de rêveur.

N'ayant plus l'envie d'attendre, Maël se jeta dans les bras de John. Ce dernier, surpris par cet élan, s'excusa auprès de la fée - qui lui fit comprendre qu'il n'y avait rien de grave - et prit son cadet dans ses bras. Serrés l'un contre l'autre, la peine du garçon s'exprima. Il pleura.
– Il ne faut pas être méritant pour rêver, Bring, tout être mérite de croire en l'espoir.

Après quelques instants à s'offrir mutuellement une étreinte, le plus jeune se détacha et John essuya ses larmes.
– Écrivons cette lettre. Au diable vos valeurs familiales. Exprimez-vous à l'aide de votre cœur, votre *astre d'intérieur*.

– Mais comment je peux y arriver ? Demanda Maël, la voix enrouée par les pleurs.

Face à la question de son étudiant, Monsieur Kid se mit à sourire.
– Nul besoin d'être métaphorique. Utilisez les mots qui vous paraissent justes pour décrire le ressenti de votre cœur. Il n'y a pas besoin d'être magicien, soyez honnête envers vous-même.

Maël acquiesça. Il sortit une feuille de papier de son sac à dos et un stylo qu'il déposa sur la table basse. Les battements de son cœur commencèrent à se faire irréguliers. Ressentant le stress augmenter, John attrapa de nouveau sa main et chuchota :

— Vous en êtes capable, Bring.

L'inspiration venant grâce aux nombreux souvenirs qui remontaient, le plus jeune ferma les yeux et respira doucement. N'ayant pas disparu, la petite fée se faufila entre les deux hommes et caressa la joue du nouveau rêveur.

— Que te dit ton cœur ? Lui posa-t-elle la question.

Par sa tendre voix, il rouvrit ses paupières et déglutit.

— Il me dit de lui dire que je l'ai toujours détesté parce qu'il m'a pas protégé. Il m'a lâchement abandonné et s'est jamais préoccupé de mon cas. Il a fait comme si tout allait bien, alors que je rentrais à chaque fois en pleurs, que je pleurais parce qu'il voyait pas que j'étais dans la souffrance la plus horrible.

Écoutant les paroles de son cadet, le cœur de John se serrait de plus en plus. Qu'avait vécu son élève d'aussi atroce ? Cette lettre était donc la réponse à sa question. Tout se jouait maintenant. Maël n'avait pas hésité un seul instant avant de l'aider, alors qu'il peinait à croire en l'espoir. Son tour était venu. D'un geste tendre, il caressa le dos du jeune garçon.

— Alors, écrivons la peine de votre cœur.

Interlude

Il faisait froid, très froid. Était-ce possible d'aller aussi mal, d'être aussi gelé alors que les températures n'y étaient pour rien ? Je n'en savais rien.

Je tentais d'attraper la seule peluche qui se trouvait à ma portée. C'était un ourson, celui offert par ma mère à ma naissance. À chaque dispute, je le prenais dans mes bras et le serrais fort contre moi. Peut-être absurde, me direz-vous ? Pourtant, les coups et les cris résonnaient dans toute la maison, ce soir-là.

Ma mère.

Je m'étais enfermé pour ne pas y assister, pour ne pas voir la folie de cet homme sous l'emprise de l'alcool. Je n'osais plus bouger d'un poil, tant la peur animait mon corps. S'il me trouvait, j'allais mourir. Du haut de mes sept ans, j'étais persuadé que la mort viendrait me voir. Personne ne comprenait ce qu'il se passait, pas même Arthur. Il était aussi pétrifié que moi. Puis un coup violent, du garage où nous nous étions réfugiés, retentit, nous faisant sursauter. La porte venait de claquer. Soudain, nos regards se retrouvèrent et mon grand frère ouvrit ses bras pour que je m'y faufile. Sans hésitation, je m'y installais et le serrais fortement avec ma peluche.

– Tout va bien se passer p'tit frère, me chuchota-t-il pour me rassurer.

Je sentais son anxiété, elle était comme la mienne, grandissant de plus en plus. La peur de mourir, d'être abattu par les coups, d'être orphelin d'un parent, nous la ressentions tous les deux. Savoir que sa mère se retrouve en compagnie d'une bête enragée supposant être son compagnon qui, sous l'effet désastreux de l'alcool, ait pété les plombs et décidé de lever la main sur son visage était atroce et culpabilisateur.

Des pas nous coupèrent dans nos pensées et une personne apparut. C'était elle.

Son visage couvert de coups, son nez en sang et de douces larmes sortant de ses yeux nous montraient la violence. *Sa* violence. Mon premier réflexe fut de sauter dans ses bras et de pleurer avec elle. Pourquoi, pour une simple parole, cet homme avait dû exploser de rage ? Je n'y comprenais rien et semblais être dans l'ignorance la plus totale.

Puis, de sa main douce, couverte de sang dû au choc de son nez, elle me caressa le crâne.

– Il est parti se chercher des bières.

Elle pleura de nouveau.

Après ce soir-là, l'ambiance auparavant joyeuse devint vulgaire et violente. On cachait les imperfections et lorsque les yeux du monde se fermaient, tout repartait. La violence de cet homme, au nom de Jonathan, était si horrifique que je partais dans le garage pour me sécuriser. J'étais terrifié chaque jour, chaque seconde, chaque instant.

Ce fut un jour, lorsque ma mère venait de partir pour se rendre à son travail, que Jonathan m'attrapa par le bras et m'enferma dans ma chambre. Les seuls mots qu'il avait décidé de prononcer furent : "Sors par la fenêtre pour aller à l'école". Me trouvant au premier étage, je compris que c'était une menace cachée et qu'il fallait obéir.

L'hésitation envahit mon corps. Le monde m'avait abandonné depuis longtemps, mon père était-il au courant de

tout cela ? Peu importait, j'allais obéir et faire une bonne action. L'image que l'on avait donné de moi était si bafouée, que j'en perdais sa véritable apparence. Soudain, la porte s'ouvrit et je vis Arthur, le visage crispé par la peur, s'approchant de moi à toute vitesse pour m'empêcher de faire le moindre geste. Même lui, depuis les premières mains levées, ne m'avait plus adressé l'infime attention. Peut-être qu'il avait abandonné l'espoir par inadvertance ?
— Ecoute pas ce minable, c'est pas ta mort qui nous sauvera.

Puis, il partit, me laissa avec mes pensées et ma souffrance. Le soir, nous devions voir notre père. Je devais, en attendant, passer une journée ordinaire sans que l'ordre de Jonathan ne se voit à travers les larmes qui explosaient lorsque les autres me passaient devant et m'oubliaient. Ils me laissaient tout seul sans se poser la moindre question. J'étais considéré comme à part, le cadre de la maison n'aidant pas. Seulement Ayden gardait un œil sur moi, mon meilleur ami. Malgré son année de plus, il veillait sur moi, depuis notre rencontre au parc, et venait me voir chaque jour. Il possédait de courts cheveux châtains, des yeux verts et était toujours habillé de la même façon. Au début, j'ai cru que ses parents le maltraitaient à le vêtir d'un sweet noir et d'un jean beige, mais je compris qu'il était à l'aise dans ses vêtements, qu'il n'en avait pas besoin d'autres.

Ayden était une personne simple et ne se concentrait que sur le présent. Il ne cherchait pas à obtenir le dernier téléphone ou la dernière paire de baskets que les enfants de notre âge rêvaient d'avoir. Les émotions fortes comptaient et non la matière. Ses parents étaient assez à l'aise financièrement, mais mon meilleur ami ne profitait que de la simplicité de la vie.

Après cette journée difficile à me faire ignorer comme un vulgaire objet, je le vis s'approcher de moi avec son sourire rayonnant et m'offrir une tendre étreinte.
– Ça va, Mel ?
– On peut aller chez toi ?
D'une mine inquiète, il hocha la tête et m'accompagna jusqu'à chez lui. Nous nous installâmes sur le canapé et je pus exploser la peine de mon cœur. Pleurant à chaudes larmes, il me caressa le dos et ne me demanda pas d'explication. Cela faisait trois années que nous étions amis. Le lendemain des premiers gestes de mon beau-père. Trois ans que les gestes se répètaient sans arrêt et que le visage de ma mère était méconnaissable. Il était jadis jovial et charmant. Pourquoi avait-il changé de forme et de couleur ? Jonathan était le seul à pouvoir répondre à ma question.

Soudain, une idée me traversa l'esprit sous les sanglots. Devais-je tout dire à mon meilleur ami pour apaiser ma conscience et espérer que le juge de la violence ne m'en veuille pas trop ? N'étant au courant de rien, il fallait qu'il sache. Mes épaules seraient peut-être plus soulagées en dégageant le mensonge de mon chemin ?

Inspirant un bon coup, je commençais à dévoiler le secret insoutenable de ma famille. De cette famille qui détruisait les cœurs des plus jeunes pour les traumatiser avec l'aide de l'horreur. De cette famille qui m'avait détruit. Puis, ne voyant plus une seule réaction de sa part, je décidais de me tourner, auparavant trop peureux pour affronter son regard, et vis sur son visage un sourire.

– Je le savais, dit-il simplement.

Le questionnant du regard, il me caressa de nouveau le dos.

– Tu sais que mon père est avocat ?
J'acquiesçai.

– Un soir, je t'ai vu avec des marques aux bras et j'ai rien dit. J'en ai parlé avec mes parents et ils ont compris. T'as vu que ta mère rentrait tard le soir des fois ?

Je hochai la tête.

– Eh bah, mes parents l'ont contactée pour faire tomber ton beau-père.

Tout s'expliquait. Un soir, ma mère rentra beaucoup trop tard selon Jonathan et les coups s'enchaînèrent. Je n'avais pas compris pourquoi l'injustice affirmait son pouvoir et cela me rendait malade d'être incapable de la protéger. Chaque fois, je restais pétrifié, incapable d'effectuer le moindre mouvement et me cachais pour ne pas assister à l'horreur de la scène. C'était pathétique, inhumain et ignoble de laisser la personne visée prendre les coups, des baffes et des plaquages au sol sans tenter un éventuel geste de protection. J'étais le plus horrible de tous, à accepter la situation. Il fallait que j'intervienne, même si cela me coûterait la vie.

Peu après notre discussion et quelques câlins, Ayden me raccompagna jusqu'à chez moi. Lorsque nous fûmes arrivés, les cris résonnaient de plus belle. La voix de ma mère se faisait calme, contrairement à celle de mon beau-père qui était d'une fureur sans nom. En entendant la dispute qui terminerait bientôt au drame, mon meilleur ami m'attrapa le bras et m'empêcha d'avancer.

– Reste, t'as pas besoin de voir ça.

Il avait tout à fait raison. Je n'en avais pas besoin. Pourtant, mon cœur se mit à battre de plus en plus vite dès qu'un cri retentit. Ma mère m'appelait au secours. Devais-je rester là à observer cette porte cachant les belles atrocités, ou bien la franchir pour sauver l'impensable ?

Étant plus que perdu, je cherchais les points de repère et j'en concluais qu'il fallait que je rentre. C'était tout bonnement suicidaire, mais le cœur de ma raison me garantissait qu'un prix était à la clef. Alors, je me détachais de la poigne de mon aîné pour ouvrir la porte et la claquer rapidement. Soudain, je regrettais attentivement ce que je venais de faire. Non loin de moi se trouvait Jonathan, tenant fermement ma mère par le col, prêt à la mettre à terre. Me trouvant de nouveau paralysé, je ne comprenais pas le pourquoi du comment. J'étais incapable de dire le moindre mot et de ne serait-ce bouger d'un centimètre. Ma mère était sur le point d'être jetée comme un vulgaire objet. Cet objet que nous étions aux yeux du bourreau de cette maison.

Tout à coup, pensant ne pas avoir été remarqué, mon beau-père tourna son regard dans ma direction.

– Tu vois ta mère ? Eh bien, ce qui lui arrive est de ta faute.

Mon cœur venait de se briser intensément. Je n'existais plus à l'intérieur. J'étais passé d'un spectateur au fautif des blessures de ma mère, tout ça en un instant. Mécaniquement, je me tournai pour me rendre dans ma chambre. Allais-je faire une bêtise ? J'en avais l'intention. J'étais l'unique coupable de toute cette histoire. La culpabilité rongeant chaque partie de mon corps me facilitait et engageait davantage l'envie d'en finir. Je ne méritais pas l'espoir, la vie et l'amour de ma mère ni d'Ayden.

Lorsque je m'approchais de la salle de bain et que je trouvais un ciseau pour tenter l'impossible, une main m'enleva l'objet des doigts.

– Arrête, frangin !

Je lui arrachai la paire de ciseaux de sa poigne pour recommencer le geste sans un mot, mais ce dernier m'arrêta.

– Maël, arrête s'il te plaît !

Nos regards se croisèrent, dans le silence de notre bulle imaginaire, et il ferma la porte, ce qui me permit d'éclater en sanglots. Pour la première fois depuis trois ans, je pus me réfugier dans le creux de ses bras, en n'ayant pas peur du jugement. Nous pleurâmes ensemble et restâmes là sans que le temps ne consume notre peine.

– Vous êtes prêts, les garçons ? Nous demanda notre père.
Deux jours loin de l'enfer venaient de se dérouler. Deux petits jours qui nous parurent quelques instants, tant le temps nous avait semblé si paisible et prospère à côté du danger qui nous attendait. Il était l'heure de nous raccompagner, et personne n'osait dire le moindre mot, à tel point que le désespoir se faisait silencieux.
Notre père se décida à sortir du véhicule, et Arthur fit de même. J'étais le seul à ne pas bouger, le seul à rester assis, tant la peur commençait peu à peu à regagner le terrain de mon esprit. Voyant que je n'étais pas sorti, mon père ouvrit la portière.
– Faut y aller, mon grand.
Je niais.
– Je ne peux pas te garder, je n'ai pas le droit.
Bien sûr que si, tu possèdes ce droit, de nous protéger, pensai-je.
– Je veux pas y aller, papa, il est méchant avec maman et nous, murmurai-je suffisamment fort pour qu'il puisse entendre.
Puis, alors que je pensais recevoir des questions, un ricanement me fit verser quelques larmes. Dirigeant mon regard vers le sien, je pus y apercevoir de la moquerie et du mépris. Je compris, à cet instant, que rien ne pourrait nous sauver. La solitude, de ses longs bras, vint me prendre la main et celle de mon grand frère. La personne m'ayant toujours offert la bienveillance et la douceur s'avérait être comme les

autres, un habitant de la planète "autruche". Mon cœur, n'ayant plus le moyen de battre à la perfection, déraillait et s'enflammait silencieusement par la tempête des pleurs du cauchemar quotidien.

Je sentis ma conscience s'éteindre et me dire au revoir. Plus aucun espoir ne traverserait mon chemin. J'étais seul, coupable et l'insauvable. J'étais le monstre et le menteur. J'étais l'enfant responsable et l'adulte terrifié.

La flamme d'espoir venait de s'éteindre, perdue pour de bon.

Peut-être que l'enchantement qui sauverait mon existence s'avérait possible ? En tout cas, je n'y croyais plus.

Mon regard se tourna vers le vide et un silence s'installa dans mon âme. Je n'existais plus et je ne pouvais plus croire en *l'espoir*. Puis, les mots de mon meilleur ami revinrent comme par magie. Ayden était la clef de mon existence, qui s'avérait jusque-là inimaginable.

Chapitre 23

Marchant lentement, Maël se dirigeait vers son établissement scolaire. Après avoir écrit cette fameuse lettre, il était parti de chez son professeur pour l'envoyer. Près de la boîte aux lettres, le jeune homme s'était senti comme piégé par le temps. Après tout, rien ne le forçait à prendre cette décision. Il était le libre-arbitre de son destin. À cet instant, peut-être que son cœur n'était pas du même avis. Priant et le suppliant de toutes ses forces, l'hôte avait cédé au chantage et inséré l'enveloppe dans la boîte pour l'envoyer.

Sachant que la livraison serait rapide, il pensait que son père avait reçu le bout de papier. Pourtant, il n'en fut rien. Les jours passèrent et Maël n'avait aucune nouvelle de ce dernier. Sentant la culpabilité d'avoir effectué une telle chose, il s'était enfermé dans sa chambre pour extérioriser sa peine. N'ayant eu que très peu de nouvelles, Ayden était venu à sa rencontre. Il avait retrouvé son meilleur ami dans un état pitoyable, pleurant sans que le syndicat du désespoir ne lui accorde une pause. Son cœur, autrefois vivant, n'était plus qu'un tas de ruines et de larmes. Un champ de bataille où l'on voyait qu'il avait lutté sans relâche.

Par sa connaissance parfaite sur le comportement de son cadet, Ayden avait su lui dire les mots justes pour le faire sortir de sa taverne. Cela n'avait pas été une tâche facile, mais il y était parvenu. Ne mangeant plus vraiment depuis l'envoi de la lettre, Maël avait repris un appétit léger. Le plus âgé, quant à lui, était resté dormir quelques jours pour surveiller son ami qui semblait plus que faible. Puis, un soir, alors que le garçon dormait paisiblement, une petite lumière vint le réveiller. Ne comprenant pas cette étrangeté, il ouvrit les paupières et vit Eulalie le saluer. Étant plus qu'heureux de cette visite soudaine, la petite fée lui caressa la joue et s'assit sur sa main, qu'il avait légèrement entrouverte. De faibles gouttes de tristesse dégoulinèrent sur son visage face à la présence de la passeuse de rêve. Cette dernière lui avait souri, avant de lui murmurer :

– Rêver et exprimer la peine de ton cœur n'est pas un crime. Si ton père ne le comprend pas, tu n'as pas besoin d'autoriser les nuages qui couvrent ton bonheur de rester pour lui. Chasse-les et vis ton existence d'*extralunaire*.

Ne sachant quoi dire, il ne put chuchoter qu'un simple *merci,* avant de comprendre que la fée venait de disparaître.

Une semaine était passée et le lendemain de la visite d'Eulalie, Maël avait décidé de rejoindre son professeur, d'assister à son cours. Ayant décidé de se cacher aux yeux du monde durant sept jours, le garçon se baladait lentement pour voir John.

La foule se faisait rapide, ne comprenant pas le temps qui entourait leur espace pour profiter du paysage. Quant au soleil, ce dernier se faisait rayonnant. Il illuminait les petits et faisait grandir l'univers. Maël n'avait jamais admiré sa puissance et s'en voulait de ne pas l'avoir fait plus tôt. Il s'arrêta un instant, s'en fichant de gêner les passants pour observer, en plissant les yeux, l'astre solaire. Son lever avait été grandiose ce matin-là, pourquoi ne pas savourer sa splendeur ?

– Peut-être pour te rapprocher du temps ? Déclara Eulalie.

Maël tourna son regard dans sa direction et sourit.

– Sûrement pour comprendre l'univers.
La petite créature fantastique rigola légèrement, s'inclina, puis s'envola. Bizarrement, lorsque ses yeux apercevaient le soleil, rien ne brûlait. Tout s'illuminait à l'intérieur de son âme. On aurait dit que même le ciel protégeait les rêveurs afin que leur existence n'éclate pas. C'était beau à voir, à admirer et de savoir que le jugement de l'imagination semblait être fasciné par la délicatesse dont faisait preuve le rêve. Cet aspect si étrange et insignifiant pour le monde faisait évoluer l'impossible et rendait l'univers plus agréable à observer.

Le garçon s'en rendit compte à présent, en scrutant l'astre solaire d'une finesse remarquable. Il sentait que si les nuages décidaient de lui faire accéder à sa chaleur, il pourrait escalader l'échelle face au vide pour accomplir l'impensable et découvrir les merveilles que regorgeaient le ciel. Ces petites boules de coton paraissaient si fragiles, qu'en un instant, on aurait pu les briser et faire exploser leurs pleurs. C'était ce que croyaient les gens. Pourtant, maintenant que Maël comprenait son rôle, il savait que les *extralunaires* étaient capables de renforcer le pouvoir des nuages et de les transformer, de les adoucir devant les malheurs de la vie.

Lorsque son esprit fut convaincu, il laissa son visage exposer son plus beau sourire et sentit soudain quelques gouttes lui tomber sur le crâne. Puis, en relevant la tête, une petite pluie éclatait, la tempête lui faisait part de ses pleurs.

Dans un silence qu'il était le seul à entendre, il s'exprima face à la tristesse du soleil.

– Je sauverai le monde grâce à ta beauté, soleil.

Une éclaircie apparut. Hélios, le dieu du soleil, y croyait donc ? Content de cette réponse plus que satisfaisante et réconfortante, il reprit son chemin, pour retrouver le maître du monde de l'imagination.

– Je sais que la fin de notre cours approche, mais je vous demanderai de rester calmes durant quelques instants, ordonna John, souriant comme à son habitude.

Maël, fidèle à son aîné tel un enfant envers sa mère, fixa son congénère et vérifia que ses camarades étaient du même avis. Un calme s'installa, permettant à Monsieur Kid de continuer.

– Merci. J'aimerais que vous me composiez une petite nouvelle sur le thème du rêve.

Tous fronçèrent les sourcils.

De quoi parle-t-il ? Devaient-ils se demander.

Parmi le monde ne connaissant pas l'imagination, un d'entre eux était ravi. Pouvoir enfin exprimer l'origine de son univers semblait plus qu'agréable. Voyant que les autres ne comprenaient pas la consigne, John intervint.

– Le rêve est une chose qui peut vous paraître complexe, pourtant, elle se compose de simplicités que vous ne pouvez pas imaginer. C'est un thème vaste, à vous de savoir comment vous souhaitez associer le rêve à votre imagination, à votre vie personnelle. Je ne vous demande pas la perfection, les meilleurs écrits sont bourrés d'insatisfactions et de frénésie. En revanche, ma requête est facile, surprenez-moi ! Je sais que vous en êtes tous et toutes capables.

Soudain, la sonnerie interrompit la parole du plus âgé. Les élèves s'en allèrent, après avoir marqué la consigne sur leur cahier. Lorsque Maël fut le dernier à être présent dans la salle, leurs regards se croisèrent et l'étincelle reprit de plus belle. Le garçon s'approcha de John et lui sourit.

– Je suis content de vous revoir, Bring. Votre ami m'a prévenu de votre absence.

Gêné d'avoir été aussi vite démasqué, Maël se râcla la gorge et souffla. Apercevant la gêne de son cadet, Monsieur Kid lui caressa l'épaule.
– Votre père en est la raison ?
Il acquiesça timidement.
– Il ne vous a toujours pas répondu ?
Il hocha la tête de nouveau. Avant que John ne puisse reprendre la parole, Maël l'arrêta.
– J'aimerais tellement avoir sa réponse. J'ai eu l'impression de chuter, à nouveau. Elle était plus compliquée à surmonter et plus désagréable à affronter.
Ce fut au tour de John de soupirer faiblement.
– Laissez un peu de temps à votre père. Avoir de telles révélations, cela ne l'excuse pas, mais ceci peut apaiser cette attente. Je suis certain qu'il tient à vous et qu'il vous répondra.
Maël baissa la tête par la culpabilité qui revenait au galop. La relevant à l'aide de son doigt, John sourit.
– La réponse de votre père ne doit pas importuner votre destinée. Vous êtes le capitaine du navire de votre existence. Soyez fier de vous pour le courage que vous avez eu. Peut-être que la tempête du malheur empêchera à votre *astre d'intérieur* de croire en l'espoir, mais sachez que vous n'êtes plus seul. Je serai à vos côtés pour que votre cœur vive de nouveau.
Éclat de rêve en pleine gueule, figure d'espoir touchant le cœur.
Maël le remercia du regard, celui qui couvrait les plus grands désespoirs pour élever les merveilleuses fiertés et les plus beaux rêves. Un regard qui signifiait l'importance de l'étincelle de la renaissance. Les deux hommes perçurent la vérité derrière un simple échange, la vérité d'un combat que chacun avait mené grâce au mensonge, sans que le magistrat de la bienveillance ne leur vienne en aide. Cependant, un

scintillement vint interrompre le silence doux qui leur avait été accordé par le temps.

La petite fée rendait visite à ses deux protégés préférés. Elle s'approcha du plus jeune et s'assit sur son épaule.

– Je sais que pour toi, il est désormais possible d'autoriser l'impossible à pénétrer ton cœur. N'essaye pas de reculer, avance sur le fil du navire et regarde l'océan du bonheur. Plonge et récupère le secret de la tendresse. Tu penses qu'il faut chercher dans le fond des abysses, mais tu apprendras, Maël, que le trésor que tu recherches pour accomplir ta quête vers le monde du rêve est juste là, dit-elle en pointant du doigt la position de son cœur.

Il resta perplexe face aux paroles de la fée et s'aperçut qu'elle s'éloignait pour lui faire face.

– Ton cœur, depuis ton plus jeune âge, possède le pouvoir de rêver. Rappelle-toi, il ne suffit pas d'être un débutant pour savoir rêver. Le sentiment humain définit les plus beaux d'entre nous.

Sous ces belles paroles, cette dernière disparut. John regarda son protégé et déposa sa main sur son épaule, l'effrayant en même temps.

– Comme nous l'a dit notre chère passeuse de rêve, vous en êtes capable, Bring. Ne sous-estimez pas votre capacité. Peu importe la réponse de votre père, le navire sera toujours à vous et sous vos ordres.

Une sonnerie retentit alors, éclatant la bulle paisible des deux extralunaires. Maël regarda son portable, qui était le coupable de ce dérangement, et son cœur loupa un battement. Voyant que quelque chose clochait, John pencha sa tête vers la droite pour comprendre la paralysie de son cadet. Ce fut, sans surprise, que celui-ci lui montra l'écran de son cellulaire.

Comprenant rapidement la situation, il acquiesça, l'incitant à décrocher. Maël déglutit difficilement et souffla,

tout en sentant ses mains trembler. Prenant son courage par la force, il appuya sur le bouton et approcha le téléphone de son oreille.
— Papa ?

Doucement, le temps semblait s'arrêter, la gêne prenait place et la haine s'apaisait. Face à face, Maël et son père se regardaient timidement. Personne ne savait quoi dire. Fallait-il parler pour exprimer le désir du cœur ? Le moment était venu de démontrer la peur infinie de son *astre d'intérieur*, d'être là pour lui prouver que le chemin parcouru ne s'arrêtait pas à cet instant. Il fallait prendre les devants, il fallait convaincre le syndicat de l'imagination que le garçon était accepté.

Regardant son hôte avec peine, le cœur du plus jeune inspira profondément et laissa le plus âgé entretenir le dialogue silencieux. Peut-être lui donnerait-il un quelconque signal pour commencer les reproches ?

Cela faisait quelques minutes que les deux hommes s'observaient mutuellement et s'évitaient du regard. Tout semblait compliqué lorsque la vérité attirait le monde dans ses bras pour dévoiler les peurs intérieures. Soudain, étant toujours dans ses pensées, Maël entendit le souffle de son père, lui permettant de démarrer la conversation et d'apaiser la tristesse qui les rongeait depuis fort longtemps. Sentant la présence de la passeuse de rêve à ses côtés, il soupira.

— Peu importe ce que tu me diras, je t'en voudrais mais je chercherais à comprendre le pourquoi du comment... Alors, pourquoi papa ?

De sa voix se faisant tremblante, Carl prit à son tour la parole.

– À vrai dire, ta lettre m'a bouleversé, mais dans un bon sens. Je suis désolé que tu aies souffert tant de temps par notre faute, à ta mère et moi. Lorsque tu m'as avoué ça, il y a quelques années, j'ai cru que tu me faisais une blague pour rester avec moi. L'école m'avait appelé deux jours auparavant pour m'informer que tu mentais sur tes origines sociales, sur ta vie et sur tout.

Fronçant les sourcils, le garçon se sentait prêt à rétorquer, mais son père l'en empêcha d'un geste de la main.

– Cela n'excuse rien, Mel.

– M'appelle pas comme ça, l'interrompit le principal concerné, prédisant les larmes et la colère arrivant.

– Pardon. Donc, Maël, j'avoue avoir été le pire des deux. Je ne pensais pas que ta mère aurait pu se faire battre par cet homme et qu'il t'ait fait autant de mal. Je ne savais rien de ce qui se passait.

Un rire s'échappa de la bouche du plus jeune, faisant relever la tête du docteur qui l'avait baissée depuis le début de leur échange.

– T'es sérieux, papa ? T'oses me dire que tu savais rien ? Il y avait des signes, putain ! Rétorqua ce dernier, laissant quelques larmes s'échapper de ses yeux.

Voyant le désespoir de Maël, Carl prit les devants et attrapa les mains de son fils pour lui faire comprendre sa culpabilité. Cependant, il l'en empêcha.

– Me touche pas !

Son père enleva la pression qu'il avait commencé à exercer et baissa de nouveau la tête, honteux.

– Quand je pensais que t'avais compris, mais en fait je me suis trompé. T'as rien pigé !

Le plus jeune laissa la tristesse s'emparer de son cœur pour qu'il puisse dévoiler les blessures cachées.

– J'ai tellement souffert, papa. T'imagines même pas à quel point Arthur et moi on était terrifiés à l'idée que tu nous laisses là-bas sans enquêter. T'avais jamais remarqué qu'on revenait avec les larmes aux yeux ? Qu'on te suppliait du regard de nous garder parce qu'on savait très bien que Jonathan nous faisait souffrir en frappant maman ? Qu'il m'a un jour demandé de sauter par la fenêtre pour aller au collège ? Qu'il m'a fait croire que j'étais le pire de tous ? T'en as conscience, putain, que t'aurais pu nous sauver ?

Respirant sa souffrance, Maël reprit et dévoila la multitude de larmes qui dévalaient ses joues.

– J'ai tout fait pour tenir, c'est Ayden qui a aidé maman à s'en sortir alors que toi, t'étais à ça, mimait-il avec ses doigts, de nous porter secours.

Sentant le poids sur ses épaules se libérer, le garçon s'abandonna dans les bras de son père pour pleurer sans que le temps ne lui ordonne de s'arrêter. Surpris par l'action de son fils, Carl caressa ses bras et le réconforta comme il en était capable.

– J'ai été inconscient, Maël. Je suis tellement désolé que tu aies dû subir tout ça sans que je ne puisse voir la vérité et t'apporter mon aide. Je comprends pourquoi tu as cherché à attirer mon attention en étudiant la littérature et je ne peux pas empêcher tes désirs, je peux les soutenir et les apprivoiser, maintenant que je connais tes sentiments. Je sais que mes excuses ne changeront rien, mais je tenais à te les présenter. Je suis désolé, fils.

Cœur apaisé et respiration silencieuse, Maël laissa de petites perles salées déformer son visage face aux excuses de son père. Tout était si bouleversant, que les mots ne servaient à rien pour exprimer la tendresse de son cœur. Le garçon aperçut alors une lueur qu'il était le seul à voir, se transformer en petite fée. Eulalie, douce comme un nuage, s'approcha de lui et fit un baiser sur le bout de son nez. Surpris par cette tendre attention, il sourit discrètement et la petite fée s'avança jusqu'à son oreille pour lui chuchoter quelques mots.

– L'impossible n'est pas inaccessible à atteindre, tu l'as prouvé Maël. Peut-être que les mots de ton père ne sont pas ceux que tu désirais entendre, mais ils sont sincères. Ton père ne sera jamais parfait, cependant il peut changer. Laisse-lui la chance qu'il te demande de saisir. John et moi, nous serons là pour t'aider à reconquérir le navire que tu penses avoir perdu.

Après ces sages paroles, la jeune femme, haute comme trois pommes, partit. Elle avait raison, son père ne serait jamais parfait, il avait simplement l'opportunité de changer, de devenir meilleur et d'aider son enfant à vivre sa vie *d'extralunaire*. Tout à coup, son aîné reprit la parole.

– Je t'aime, mon garçon.

En entendant ces mots, les deux hommes se firent une étreinte, qu'ils n'avaient jamais osé s'offrir depuis longtemps. Les mots d'amour ne se disaient pas, ils restaient cachés dans l'ombre. Sans qu'il n'en prenne conscience, les paroles lui avaient donné l'envie de tendre la main invisible du pardon. Cette illusion, que l'on peine souvent à apprivoiser, se fit d'elle-même. L'espoir n'était pas un mauvais sentiment, il aidait le monde à pardonner aux malheurs, et à gagner en humanité et en douceur.

Derrière les barrières des deux mondes, Eulalie les regardait avec tendresse. Elle sut, à cet instant, que le plus jeune était enfin prêt à rejoindre le rêve.

Soufflant avec sérénité, Maël avançait en direction de l'appartement de son professeur. Après les réconciliations avec son père, ce dernier avait prévenu son enseignant qu'il passerait chez lui quelques heures après. Le plus âgé, lors de la rédaction de la fameuse lettre, lui avait donné son numéro de téléphone. Enjoué par ce geste, son élève s'était empressé de l'enregistrer et de l'utiliser après être sorti de chez son père.

Ainsi, il se trouvait face à la porte de John, heureux comme il ne l'avait jamais été depuis longtemps, d'être enfin libéré d'un poids qui tordait ses épaules à la moindre tentative de pacte avec le mensonge.

Attendant l'entrée de son protégé, John s'approcha de la porte pour lui ouvrir. Il découvrit le visage rayonnant de Maël, qui entra sans plus attendre, impatient, sûrement, de tout dévoiler. Tous deux s'installèrent sur le canapé et un précieux silence plomba l'atmosphère. Le professeur servit un verre d'eau qu'il avait préparé pour récompenser son étudiant, chercha un briquet et alluma une cigarette. Il en proposa une à son cadet, qui accepta avec joie. Les deux hommes respirèrent le poison incontesté du petit bâtonnet et Monsieur Kid laissa le garçon prendre la parole, tout en se levant pour aérer la pièce.

– J'ai réussi à tout lui dire, monsieur.

Content de la nouvelle annoncée, John lui offrit son plus beau sourire et aspira une bouffée de nicotine, avant de la recracher par la fenêtre.

– Je suis fier de vous, Bring. Vous avez réussi à traverser les marées de l'océan de vos peines. Soyez heureux de votre action et de votre courage. Comme on le dit, continua-t-il en s'asseyant près de lui, il vaut mieux être débarrassé de ses peurs, plutôt que de les enterrer dans son cœur.

– Je savais pas qu'on disait ça, répondit Maël, rigolant légèrement.

– Je crois que je l'ai inventé, avoua John, riant à son tour.

De nouveau, le calme apaisant du temps réapparut, n'étant en aucun cas pesant. Soudain, Monsieur Kid eut une

question qui lui vint à l'esprit. Cela faisait un moment qu'il se la posait. C'était, à coup sûr, le moment propice pour interroger son protégé.
 — Je me demandais si vous aviez réfléchi à votre avenir, Bring.
Interloqué par la demande inattendue de son enseignant, il le laissa argumenter davantage.
 — Vous n'êtes pas obligé de connaître la réponse maintenant, mais cette question a traversé mon esprit puisque vous m'avez avoué que vous aimiez lire.
Souriant de toutes ses dents, Maël respira une bouffée de nicotine et ancra son regard dans celui de John. Ne comprenant pas le comportement de son élève, ce dernier le questionna.
 — Vous m'avez énormément apporté, monsieur. La littérature, grâce à vous, me passionne. J'aimerais donc en faire mon métier.
Comprenant peu à peu la révélation de son étudiant, John fit les gros yeux et sourit.
 — Ca fait un moment que je voulais vous le dire, je veux devenir comme vous. Professeur de littérature.
Coeur bombardé par la joie et la fierté, Monsieur Kid sentit son corps se faire envahir par le bonheur à l'état pur. Il n'avait jamais pensé pouvoir inspirer autrui par sa folie qui lui était propre. C'était un extralunaire et cela effrayait le monde comme la peste. L'univers n'était peut-être pas déterminé à connaître le rêve, pourtant, son âme l'avait rejoint depuis sa naissance et voilà qu'un habitant méconnu venait lui dévoiler que sa frénésie n'était pas une maladie mais une qualité. Un trésor sacré et un espoir infiniment rare, que les nuages et le ciel lui avaient donné.
Ne sachant quoi répondre, il entoura son cadet de ses bras et le remercia timidement. Il s'écarta après quelques secondes et sourit.

– Je vous aiderai, mon garçon, à accomplir votre objectif, comme vous m'avez redonné le goût de la croyance, de l'espoir. Le chemin ne sera pas facile, mais nous y arriverons.

Les cœurs battant au même rythme dévoilèrent l'explosion d'une imagination souvent perdue par la foule et l'océan de la souffrance. La flamme du rêve éclaira la lune du monde des songes, permettant aux extralunaires de perdurer.

Boum, boum, boum.

Les deux hommes connaissaient leur destinée, s'annonçant belle et ne réservant que le comble de l'imagination.

Chapitre 24

Dix ans plus tard.

Le soleil, aux rayons magnifiques, illuminait la capitale de l'Angleterre et exportait la joie et la prospérité. Tout était à son comble pour le jeune professeur, qui pénétra dans sa salle de classe et attendit le calme de la part de ses étudiants. Ce n'était pas sa première rentrée des classes, mais bien la quatrième. Ayant survécu à la difficulté des examens pour devenir enseignant, le garçon était devenu major de promo à l'aide de son vieil ami, un professeur hors du commun.
Voyant que le silence n'arrivait pas à attirer l'attention de tous, le jeune homme lui sourit et fit son travail.
– Eh bien, je vois que le calme n'est pas votre fort, jeunes gens.
Tous se retournèrent en direction de cet étrange homme, coiffé d'une petite queue de cheval, portant un costume bleu marine, dont le regard percutait les âmes pour les rendre paisibles et belles. Tous furent sous le charme de ce beau garçon, qui semblait posséder une assurance hors du commun. Ses yeux verts ensorcelaient le monde et bénissaient

les peureux pour leur rendre leur joie de vivre. Ce dernier avait observé les regards admirateurs que ses nouveaux élèves lui portaient.

S'ils savaient par quoi je suis passé, pensait-il.

Il connaissait le charisme irrésistible qui s'était emparé de son cœur depuis quelques années et en était plutôt fier. On l'avait fortement complimenté pour sa beauté et son élégance, cependant, l'homme restait fidèle aux flatteries de son vieil ami.

Sortant lentement ses affaires, les plus jeunes se questionnèrent. Qui pouvait-il bien être ?

Après avoir sorti l'entièreté de sa sacoche, le professeur se tourna pour écrire son nom au tableau.

On pouvait y lire, *Maël Bring*.

– Je me nomme Maël Bring. Je serai votre professeur de littérature pour cette nouvelle année qui commence.

Une main s'éleva, et Maël interrogea l'étudiant en question.

– Monsieur, si on aime pas lire, qu'est-ce que ça va vous faire ?

Un sourire s'afficha sur le visage du plus âgé, qui semblait s'attendre à cette question. L'élève était du genre bagarreur, portait une veste en cuir et des vêtements que l'on considérait souvent, dans le langage courant, comme la catégorie des *bad boy*. Lui aussi était doté d'un charme irrésistible, qui devait certainement laisser le cœur de plusieurs femmes en admiration devant sa splendeur incontestable.

Une sorte de tension incompréhensible plombait l'atmosphère. Tous semblaient gênés à l'idée d'entendre la voix du garçon.

Quelqu'un d'intimidant, se dit Maël.

Par son observation, dont la conclusion n'était pas difficile à annoncer, le jeune homme effrayait les plus faibles pour se donner un air qui n'était pas le sien. Bizarrement, il lui rappelait quelqu'un. Peut-être un garçon qu'il avait été ? Ou bien, un de ces camarades qu'il avait vaguement côtoyé ? Peu importait, Maël devait y remédier.

Riant faiblement, il prit la parole.

– Quel est votre nom ?

– Vous avez pas répondu à ma question, m'sieur, rétorqua le plus jeune, d'un air mesquin.

– Vous n'avez pas répondu à la mienne non plus, à ce que je sache.

Voyant qu'il perdait peu à peu la bataille de cet échange de regards, l'élève céda.

– Craven Charles.

Face à cette révélation, il comprit pourquoi le visage de ce garçon lui rappelait légèrement quelqu'un et ce n'était pas un proche, du moins, une personne qu'il appréciait.

– Vous êtes le fils de la fabuleuse avocate Craven Leila ?

Charles acquiesça.

– Je comprends mieux votre comportement à tendance insupportable, avoua Maël, un sourire aux lèvres.

L'élève se raidit. Il était indigné par les paroles de son nouvel enseignant, qu'il allait sûrement haïr s'il ne répondait pas. Cependant, Maël l'en empêcha d'un geste franc de la main.

– Ne me faites pas cette tête-là, Craven. Je ne suis pas là pour vous rappeler l'horrifique attitude de votre mère, mais seulement pour vous demander pourquoi vous détestez lire.

Charles afficha un rictus qui affirmait son insolence. Cela rappela au professeur qu'il était tout autant insupportable lorsqu'il avait son âge, amenant la compréhension de l'attitude de John envers lui. Comment avait-il pu se comporter ainsi ? S'il eut un jour l'occasion de s'adresser au jeune homme qu'il était jadis, il se serait énervé.

Un soupir attira son attention.
- J'aime pas lire, c'est tout. C'est ennuyeux.
Maël croisa les bras. D'un geste de la main, il l'incita à continuer son argumentation. Le silence se fit. Charles n'avait plus rien à dire visiblement. Observant de son oreille le mutisme de son étudiant, le plus âgé prit les devants.
- Vous savez, j'étais comme vous. Je ne trouvais pas de sens à la littérature, je parvenais même à la haïr puisque je pensais que c'était une perte de temps. Pourtant, comme vous pouvez tous le voir, je suis devenu professeur de cette matière.
Il fit une courte pause et reprit.
- Un bon ami m'a toujours persuadé que je pouvais tout accomplir grâce aux mots. J'étais convaincu que l'impossible s'avérait inatteignable. Je m'étais trompé. Les mots apportent le plus beau réconfort et démontrent le rêve dans toute sa splendeur.
- Et si ça servait à rien de rêver ? Répliqua Charles.
S'étant attendu à cette réponse, qui ne le laissait pas indifférent, Maël monta sur son bureau sous les regards interloqués de ses étudiants. Il se mit à sourire.
- Si je ne rêvais pas, je n'aurais jamais pu m'élever sur cette table. Je n'aurais pas cru en l'impossible. Le rêve n'est pas uniquement fait pour éveiller les esprits et l'imagination, il est né pour nous faire grandir.
Il dirigea son regard vers celui de Charles et s'agenouilla.
- Je peux vous apprendre à rêver, à devenir ceux que l'on appelle les *humains*. Ceux qui savent écarter le mensonge de leur priorité pour toucher le ciel, dit-il, tout en faisant un mouvement en direction du plafond.
La sonnerie retentit, interrompant le discours du plus âgé. Ce dernier descendit de son bureau rapidement pour saluer ses élèves. Charles partit sans lui adresser le moindre regard, en dépassant ses camarades. La journée s'annonçait

peut-être rude, mais Maël ne perdait pas de vue sa nouvelle cible. Voyant qu'une heure de libre lui était destinée, il en profita pour composer le numéro de son vieil ami.

Après quelques secondes, une voix décrocha.
– *Mel ?*
– Salut John, notre rendez-vous tient toujours ?
Un rire traversa le téléphone.
– *Evidemment ! Passe me voir ! Tu connais le chemin !*

L'enseignant raccrocha et sourit. Il sortit du bâtiment et se dirigea vers son habitat favori. Maël avait réussi, à l'aide de son ancien professeur, à réaliser son rêve. Cela avait été rude, mais ce dernier y était parvenu. Chaque rentrée des classes, les deux hommes, étant devenus amis entre temps, se voyaient. C'était un rituel qui avait décidé de prendre place. La rentrée des classes n'était pas leur unique rendez-vous. Toutes les semaines, les deux amis se rencontraient pour entretenir leur amitié, qui évoluait depuis une décennie. Le changement avait été opéré pour chacun.

Observant son protégé merveilleusement grandir, John avait pris la décision d'enseigner à la faculté de lettres de Londres et d'écrire, d'être auteur. Cela faisait partie de son rêve depuis fort longtemps, et le plus jeune n'avait pas hésité une seule seconde avant de l'encourager dans cette voie. Leur rendez-vous se composait d'échange littéraire, tout ce dont John avait toujours rêvé. Il avait permis à son protégé de découvrir ses ouvrages préférés lors de nombreuses sorties en librairie ou de rencontres dans le milieu du livre. Quant à lui, Maël s'était davantage intéressé à la poésie de beaucoup d'auteurs, dont celle de son professeur d'antan. Il en avait conclu un exploit littéraire en lisant et découvrant quelques lignes et extraits de ses productions cachées.

Tant son esprit était plongé dans ses souvenirs paisibles, il ne s'était pas rendu compte qu'il venait d'arriver.

Connaissant la routine, il appuya sur la sonnette et entendit un bruit qui lui permit d'entrer. Le jeune homme monta les marches et vit que la porte était entrouverte. Il pénétra dans l'habitat et découvrit John avec un grand sourire au visage. Ce dernier, du haut de ses trente-huit ans passés, s'était fait pousser une petite moustache à la Salvador Dali. En revanche, il n'avait pas changé son style vestimentaire de l'ancien temps. Quant à Maël, il avait décidé de laisser son ami l'entraîner dans un nouveau choix de vêtements pour sembler plus étrange et rêveur. Cela avait marché. Il avait opté pour la différence et l'imagination, pourquoi ne pas renaître dans un choix vestimentaire plus approprié ?

Par l'accolade profonde qu'ils s'offraient, les deux amis s'assirent sur le sofa du plus âgé face à face et s'allumèrent ensemble une cigarette pour fêter un évènement non souhaité.

– Raconte-moi cette nouvelle journée !

Maël rit.

– J'ai rencontré mon moi d'avant.

John fronça des sourcils.

– On va dire que ce garçon s'annonce comme moi à l'époque, têtu et inébranlable, aveuglé par le mensonge.

Ce fut au tour de John de rigoler.

– Oh que oui, tu étais têtu, mais c'est ce qui me plaît le plus chez toi.

Le plus jeune afficha une mine tendre et heureuse, sentant ses joues s'empourprer délicatement. Reprenant une bouffée de nicotine, Maël reprit la parole.

– Que t'a dit Ayden à propos du choix d'illustration pour ton roman ?

Cela avait pu surprendre le nouvel enseignant, mais il avait découvert la passion enfouie de son meilleur ami, la peinture. Celui-ci, recevant son plus grand soutien, avait décidé de se lancer dans une faculté d'art et vivait de son talent incontestable pour le dessin. Le plus âgé, ayant compris et vu les prodiges du jeune homme, décida de se lancer dans le métier d'écrivain. Il connaissait les aléas de cet emploi, mais n'était en aucun cas effrayé. C'était une occasion pour réaliser ses souhaits intérieurs et faire connaître le talent de l'artiste débutant. Il avait demandé à ce dernier d'illustrer sa couverture. Étant plus qu'enjoué, Ayden accepta la proposition du professeur.

John se leva du canapé et sourit.

– Son travail est remarquable. Il a commencé le croquis et je suis si content de sa production.

Son sourire s'affaiblit et un soupir traversa ses lèvres.

– Cependant, j'ai peur de ne pas être à la hauteur pour mon éditeur. Et si mon roman ne marchait pas ? Et si je n'étais pas à la hauteur ?..

Maël se leva et se rapprocha de John pour lui attraper la main. Surpris par ce geste, le plus âgé releva la tête, jusqu'à maintenant baissée, et ancra son regard dans celui de son cadet.

– Ton roman sera un succès, crois-moi. Je n'ai jamais compris pourquoi tu doutais autant de toi alors que ta plume est exceptionnelle, comme ton cœur.

Une lueur apparut et Eulalie se présenta, s'avançant vers John pour lui caresser la joue.

– Crois notre cher Maël, tes écrits seront un succès. Rappelle-toi de ta frénésie de rêveur et de la douceur de ton *astre d'intérieur.*

Puis, cette dernière disparut, laissant les deux hommes sous le regard de l'autre. Pour la première fois depuis quelques années, leurs yeux ne semblaient faire qu'un. La tempête de pétales de rose embrasa les petits centimètres qui séparaient leur visage. Il n'y avait pas besoin que le jugement du sentiment fasse le travail à la place du temps. Leurs regards parlaient d'eux-mêmes, tout était admiration enfouie et plaisir caché. John ne pouvait le nier, depuis ces cinq dernières années, son cœur bondissait, il devenait incontrôlable en la présence de son cadet. Émotions refoulées, tout semblait être révélé par la parole oculaire. Les mots aidant jusqu'à présent ne servaient à rien lorsque les yeux pouvaient en dire plus que par la barrière des lèvres.

Ne pouvant laisser le mensonge régner plus longtemps dans son estomac, Maël sourit d'une douceur infinie. Il approcha sa main du visage de John et caressa ses joues. Sous ce geste tendre, le plus âgé attrapa le poignet de son cadet, admirateur de son cœur depuis toujours, pour frotter ses doigts sur sa peau. Cette peau si douce tels les nuages du ciel, apaisant les malheurs de son histoire pour les transformer en fleurs, redonnant vie au bonheur interne de son *astre d'intérieur*.

Sans que la voix ne décide d'intervenir, les deux hommes continuèrent à se regarder, partageant un amour, auparavant sous le silence du syndicat du sentiment, pour le laisser éclater au grand jour. Pensant tous deux que la petite fée avait disparu, cette dernière les regardait derrière le sofa et, par un geste de la main, offrit une brise grâce à sa magie de joie et d'amour.

L'étincelle qu'elle produisit dévoila le comble d'un amour perdu, mais retrouvé face au juge empêchant l'impossible de rêver et l'évolution des extralunaires, créant l'enchantement d'un espoir caché.

Car, après tout, l'impossible n'est pas si inaccessible lorsque le rêve décide de ne faire qu'un avec le cœur.

Remerciement

Ah la la, les remerciements d'un roman ne sont jamais une chose facile. On ne sait jamais quoi dire de pertinent et c'est insupportable d'ailleurs. Parce que l'on aimerait en dire plus qu'on en est capable. Pourtant, ils ne sont jamais là pour rien.

Je tenais tout d'abord à remercier ma mère, une grande dame qui m'a soutenu devant tous mes moments de doutes, de peurs, de joie et de tristesse face à l'écriture de ce roman. De mon tout **premier** roman. Je tenais également à remercier mes amies Malory et Lilou qui m'ont apporté un soutien incontestable. Si nous remercions les proches, pourquoi ne pas remercier l'équipe toute entière ! Ces remerciements sont aussi pour mon illustratrice, Carole Duval, une femme divine dans tout ce qu'elle produit dont le pinceau ne cessera jamais de m'étonner.

Continuons les éloges !

Clémence, ma très chère amie. Une personne dont la bonté et le caractère ne m'ont jamais permis d'abandonner. Merci d'avoir passé des appels au téléphone assez innovants, m'écoutant sans relâche. Je ne te serai jamais assez reconnaissante pour la joie que tu m'apportes au quotidien. Un éternel merci.

Luhan, ce jeune homme toujours proche de l'excellence, m'a encouragé à persévérer sans relâche, un être aidant mon âme sur n'importe quels aspects, m'acceptant à part entière sans se soucier du lendemain, devenant alors une personne que j'accepterai toujours dans mon cœur. Un ami que l'on n'oublie pas par sa finesse et son élégance, celui qui réussit à emporter le monde pour le faire grandir. Merci à toi, mon écrivain préféré.

Félix, mon jeune ami et prodige ange... La vie ne nous a pas facilité la tâche. Malgré les difficultés, tu m'as toujours incité afin que je me surpasse. Tu as créé la douceur que je n'ai jamais pu avoir au sein de mon existence. Un petit nuage doux et attentionné qui remonte le sourire de l'orage et qui le fait danser. Merci infiniment pour tout ce que tu m'apportes chaque jour, chaque instant. Merci.

Mélissa... Que dire...Une personne que l'univers à décider de mettre sur mon chemin pour que je puisse évoluer... Une femme me soutenant peu importe le temps, me laissant lui parler de mes idées farfelues en plein milieu de la nuit, m'aimant pour celle que je suis... Comment ne pas t'adresser de beaux hommages, ma Mélissa... Ma si précieuse étoile baignant le monde sous sa lumière étincelante... Jamais les mots ne seront assez pour te remercier pour ton amour et ta bienveillance. Merci pour ta correction, ton travail, ton amitié, ta personne et tout ce qui va avec... Merci pour tout.

Avant de me rapprocher de mon lit pour pleurer à chaudes larmes, je tenais à remercier mon professeur de lettre, devrais-je dire de l'être. Un homme dont la sagesse et la gentillesse m'ont permis d'évoluer et de m'améliorer. Merci à vous.

Chacun d'entre vous aura su m'aider, alors un immense merci ! Merci pour ce début d'aventure ! Merci à vous d'exister.

Une suite est toujours quelque chose que l'on imagine. Je me permets donc de vous donner un e-mail afin de récupérer le bonus à la fin de votre lecture : orelielechat@gmail.com.

Ce bonus sera disponible le 25 octobre 2024 !